어때요, 오늘 이 음악

어때요, 오늘 이 음악

펴 낸 날/ 초판1쇄 2023년 2월 13일
지 은 이/ 문상붕
사   진/ 손나은

펴 낸 곳/ 도서출판 기역
출판등록/ 2010년 8월 2일(제313-2010-236)
주   소/ 전북 고창군 해리면 월봉성산길 88 책마을해리
          경기도 파주시 회동길 363-8
문   의/ (대표전화)070-4175-0914, (전송)070-4209-1709

ⓒ 문상붕, 2023

ISBN 979-11-91199-57-4 03810

길눈이밝은책_수요음악편지

어때요,
오늘 이 음악

문상붕 지음

ㄱ

"수요일엔 음콕하세요"

어쩌다 보니 어설프면서도 짧은 단상이 책으로 나오게 되었다. 교사로서 아이들과 씨름하면서 같은 일을 하는 동업자들과 이런 저런 이야기를 푸념처럼 하고 싶어서 입이 근질근질했다. 그리고 무엇보다 좋아하는 음악을 나누고 싶어 수요일 점심시간마다 친한 동업자들에게 편지를 썼다. 교사로서 직장인으로 가장 힘든 변곡점 수요일에 조금이라도 위로가 되는 음악을 보내다 보니 처음에 몇 명에서 수십 명, 그다음엔 수백 명이 되었다.

사실 글쓰기는 10~20분 정도 걸렸고 유튜브 검색을 통해 그날 상황과 날씨에 맞춰 선곡하는 것이 1시간 이상 종종 걸렸다. 더구나 취향이 가볍고 호기심만 많다 보니 장르 불문 잡탕이 되었다. 그런들 어떠리, 몇 사람들의 호응이 이어지고 댓글이 이어져 오늘에 이르니 '수요 음악편지'는 200회, 버전 업그레이드판으로 'Moon song의 시와 음악 사이' 50여 회를 보냈다. 제멋대로이다. 천성이 게으르면서도 성급한데 손마저 서툴다. 미리 계획하기보다 뒤로 미루는 일이 많다. 더구나 바삐 보내다 보니 명색이 국어선생인데도 비문에 오탈자, 맞춤법도 엉망이라 받아보시고 아무 말씀도 없으신 넓은 가슴의 선생님들께 이 기회를 빌어 감사 말씀 올린다. 30년 동안 이런 저런 꼴을 봐주신 마나님에게도 감사를 드린다. 키우는 데 신경 쓰지 않게 한 아들 부경이에게도 감사를 표한다. 무엇보다 댓글로 응원해주신 많은 선생님들께 오늘 하루도 힘들지만 진상 고객들을 사랑으로 잘 감싸시라고 음악 편지 보낸다.

제대를 앞두고 있다.
"나는 해군 찝차를 보면 경례! 붙이고 싶어진다."
이성복 시인의 말처럼 지나가다 학교 교문만 보면 정말 경례를 하고 싶어질지 모른다.

토끼해 정월에 김제 소이당에서
문상붕 씀

| 차례 |

이 좋은 날 멋진 남자를 선물합니다

이 좋은 날
외롭고 높고 쓸쓸한[1]
영혼을 위한 레시피
멋진 남자를 선물합니다.

케르토카아제 해넬(Kertokaa Se Hänelle) | Dmitri Hvorostovsky - Dicitencello vuie

1) 백석의 시 「흰 바람벽이 있어」에서 인용.

시간에 기대어 '인생이란'

　우리 또래이지요. 전주 해성고 시절부터 묵직한 음색으로 전국적으로 이름을 날렸던 고성현 군, 이제는 세계적인 바리톤이 되었습니다. 지금은 한양대 성악과 교수. 흘러온 인생만큼 깊어진 노래, 인생의 무게가 담긴 노래 두 편 보냅니다.

바리톤 고성현 | 시간에 기대어

바리톤 고성현 | 인생이란

밤을 지키는 횃불 속 여유를 가져봐요

밤을 지키는 횃불은 오히려 거센 바람에 궁궐을 집어삼킬 듯합니다. 아직 꺼지지 않는 마음의 불, 오늘이 바로 역사입니다. 우리가 어떤 길을 걸어야 하는지는 이미 결정되어 있지 않나요. '권력'이란 단지 바람 속 먼지 같은 것임을, 붙잡고 놓지 않는 그들을 어떻게 이해해야 하나요? 이젠 이해할 필요가 없겠지요. 발길을 내딛는 수밖에. 되돌아갈 수는 없잖아요.

새 학기가 시작되었습니다. 아주 바쁜 한 달이 될 것 같아요. 멀미날 것 같은 탄핵 정국이지만 조금만 기다려요. 새로운 세상을 낳으려고 그 진통이 있나 봐요. 그래서 잠깐 여유를 가지라고 1940~1950년대 담배 연기 자욱한 파리로 초대합니다. 약간은 우울한 센강의 안개도 보이구요. 강변의 가스등도 보이는 것 같네요. 왁자지껄한 카페 풍경도 그려지네요. 독일 제국주의 치하이지만 풍류와 흥을 놓치지 않는 파리지엥. 자, 한숨 돌려 우리도 잠깐의 여유를 가지게요. 먼저 그룹 캔사스의 '바람 속의 먼지' 들으시고 이어 기타곡 한 곡 전해 드립니다. 참 장고 라인하르트는 왼손에 두 손가락이 없는 전설의 기타리스트입니다. 일품인 핑거링이 우리를 경이의 세계로 이끌 것입니다.

Kansas | Dust in the Wind

Django Reinhardt | Blues(1940)

'진실은 침몰하지 않는다'

세월호가 육상에 어제 거치되었습니다. 망각의 파도 속에서도 영원히 기억될 세월호. 세월을 뛰어넘어 그 시대 어른들의 부끄러운 자화상이 될 세월호. 이미 고유명사가 된 세월호. 세월호! 침몰하지 않는 진실을 보며, 끝까지 응시하고 책임을 묻는 자세가 우리 살아남은 자들의 몫이 될 것입니다. 어영부영 넘어가서는 우린 끝까지 용서받지 못할 세대가 될 것 같네요.

추운 곳에서 떨었을 아이들과 희생자들을 위로합니다.

 슬기둥 | 그저녁 무렵부터 새벽이 오기까지
(From The Evening Tide Till The Coming Dawn)

정결하고 풍성한 여신, 오월을 숭배합니다

"꽃의 고요를 핥아라."

친구 시에 나오는 한 소절입니다. 어제 저녁 비가 핥고 간 자리에 꽃들이, 잎들이, 새 눈망울처럼 초롱초롱합니다. 강아지 코처럼 반짝입니다. 반짝반짝 사월의 마지막 주를 화려하게 마감하시길 바랍니다. 다음 주는 계절의 여왕 오월입니다. 정결하고 풍성한 여신 오월을 숭배합니다.

1960~1970년대 전 세계 오페라 무대를 정복했던 디바, 사납고 괴팍하다고 소문난 마리아 칼라스를 소개합니다. 현재까지 그 어떤 소프라노도 따라올 수 없는 풍성한 음성의 소유자, 마치 테너로 비교하면 파바로티라고 봐야겠죠. 한때는 그리스 재벌인 선박왕 오나시스와 같이 살기도 했다죠. 오나시스가 누구냐고요? 암살당한 미국 대통령 케네디의 영부인 재키와 재혼한 남자. 그래서 나중에는 재키 여사는 재키 오나시스라 불렸는데……

Maria Callas | Casta Diva

나이 들어서도 공부하고 불의에 대항하는

어제가 5·16쿠데타. 우리 어릴 때는 혁명이라 배웠습니다. 쿠데타와 혁명의 간극, 이제는 걷어내야 할 유산인데, 나이 든 세대는 요지부동이군요. 얼마 전 아내의 허리 진료차 서울에 있는 강남세브란스 병원 대기실에서 기다리는데 문재인과 조국 나오는 뉴스 보며 한숨 쉬고 혀를 차는 70대 신사를 보았습니다. "박정희 때가 좋았다. 저런 것들을 싹쓸이해야 하는데……"

점점 더 세대 갈등이 커지는 모양이네요. 저 나이 때 나는 어떤 모습일까? 확증편향의 또 다른 모습을 지니지는 않을까? 두려워집니다. 나는 나이 들면 제가 진보든 보수든 상관없이 무조건 20~30대 대다수가 원하는 대로 투표하려 합니다. 왜냐하면 그들이야말로 우리의 미래를 담보하고 끌고 나가니까요. 우리가 '꼰대'를 넘어서는 날, 민주주의가 완성될 거니까요. 나이 들어서도 공부하고, 불의, 부정한 세상과 불화하고 대항하는 삶이 되길 소망합니다.

어느 거리음악가의 영혼을 씻겨주는 노래 한 곡. 아, 나도 나이 들면 저렇게 살고 싶다는 생각을 하게 해주는 노래입니다.

Martin Hurkens | You Raise Me Up

물아일여 무상잡념

화체개현(花體開顯)

– 조지훈

실눈을 뜨고 벽에 기대인다

아무 생각할 수가 없다

짧은 여름밤은 촛불 한 자루도

못다 녹인 채 사라지기 때문에

섬돌 우에 문득 石榴(석류)꽃이 터진다

꽃망울 속에 새로운 宇宙(우주)가 열리는 波動(파동)

아 여기 太古(태고)쩍 바다의 소리 없는 물보래가 꽃잎을 적신다

방안 하나 가득 石榴(석류)꽃이 물들어 온다

내가 石榴(석류)꽃 속으로 들어가 않는다

아무것도 생각할 수가 없다

오랜만에 보는 조지훈의 시입니다. 1970년대 중학교 때 국어 완전 정복을 달달달 외울 때 청록파 어쩌고저쩌고, 조동탁 어쩌고저쩌고. 박영종 어쩌고저쩌고. 조동탁과 박영종이 누구냐고요? 조지훈과 박목월 본명이지요. 왜 그때는 그것까지 외워야 했는지 잘 모르겠어요.

　마당 한구석 연못가에 석류 세 그루. 수십 개의 꽃등이 시나브로 꺼지고 있습니다. 저녁 무렵이면 떨어진 꽃등을 주워 담으며 조지훈을 생각합니다. 조지훈처럼 물아일여(物我一如) 경지에 이르지는 못해도 허리 굽혀 줍는 무상잡념의 경지는 매번 들고 납니다. 잡초를 뽑는 것도 마찬가지지요. 무섭게 여기저기 돋는 잡초는 호미를 든 손만 바쁘게 하지 머릿속을 무념무상에 들게 합니다. 물론 허리는 좀 아파요. 더운 여름날 몸 건강하시고 냉콩국수나 아니면 진하게 우려낸 소바 국물 홀짝이게요.

 자우림 | 샤이닝(Shining)

인생이 뭐 별건가요

그제 밤에 이어서 어젯밤에도 개구리 소리 때문에 잠을 설쳤습니다. 꿈속에서도 이명처럼 들리는 그놈의 개구리 소리, 오랜만에 비가 와서 그러나 봅니다. 무엇을 그리 갈구하는지 3초 정도 그치다 다시 반복합니다. 마치 염불처럼요. 한 철 짧은 인생이지만 그 개구리가 짝을 찾기를, 소원성취하기를, 아니면 성불하기를 기대합니다. 언젠가는 그놈의 개구리 소리가 다시 그리워질지 모르겠네요.

오늘은 1980년대를 풍미했던 신디 로퍼를 소개합니다. 마돈나가 등장하기 전까진 최고였죠. 그녀도 밥. 그도 밥. 우리 모두 밥이네요. 걱정 근심 홀홀 털고 놀아봅시다. 앞사람 허리춤 부여잡고 행진합시다. 인생이 뭐 별건가요. 더위 짜증 모두 날리는 밥-밥-밥.

Cyndi Lauper | She Bop

저항과 자유를 꿈꾸던 김수영 시인을 기리며

이렇게 비 오다 만 약간 흐린 날은 김수영을 생각합니다. 자유로운 영혼을 갉아먹는 시대에 돈 많은 인텔리겐차가 아닌 치열한 생활인이 었던, 작은 일(?)에 분개하는 소시민이었지만 '거대한 뿌리'였던 김수영. 거제도 포로수용소에서 죽다 살아난 김수영. 몸은 포로였지만 저항과 자유를 꿈꾸던 시인. 그러나 어처구니없게도 인도로 뛰어든 버스에 치여 지상에서 사라진 별. 그에게 찬 술 한 잔 올립니다.

또 한 분, 100대 명반을 수없이 낸 조동진, 우리나라에서 가장 서정성이 뛰어난 음유시인. 사물과 사물의 관계, 사물과 인간의 본질에 천착한 조동진을 호명합니다. 2017 한국대중음악상 중 올해의 음반상을 수상한 '나무가 되어'입니다.

나는 거기 다가갈 수 없으니

그대 너무 멀리 있지 않기를.

조동진 | 나무가 되어

더위와 짜증을 날려버려요

초복입니다. 더위다 오존이다 뭐다 국민안전처에서 비상 문자가 오네요. 폭염 혹은 염제의 심술이 어디 요즘뿐인가요? 부채 하나로 버티던 지난날들을 어찌 지냈는지 지금은 가물가물하네요. 냉장고가 없어 우물에 김치통 매달아 놓았던 때, 그게 잘못돼 뒤집혀 새어 나온 김칫국물에 한 달 내내 신김치 냄새 나는 물을 마셨던 날들. 그 냄새가 아직도 코끝에 남아있네요. 1970년대 말 고등학교 야간자습 때 급우들 모두 러닝 차림에 바짓단 걷어 올리고 책상 밑 냉수 대야로 땀을 식히던 기억이 나네요. 그땐 한 반에 거의 70명이었어요. 어찌 넘어왔는지 되돌아보면 참 대견해요.

더위는 날려버리고 짜증도 마음속에서 지워버리고 홑베 적삼 하나로 나듯 털고 일어서시게요. 건강은 젊을 때부터 관리해야겠다는 생각이 요즘처럼 새로운 적 없는 것 같네요. 오늘 밤엔 무얼 하시나요. 조덕배의 '나의 옛날 이야기'를 보냅니다.

조덕배 | 나의 옛날 이야기

그대는 아는가, 이 마음

　더운 여름 어찌 보내시는지요? 사무실에서 일하다 보면 엉덩이에 땀이 마를 새 없고, 그렇다고 집에 가면 답답하고 더 더운 날씨. 생각을 바꿔보는 건 어때요. 달리 뭐가 더 있어요? 냉커피 한 잔과 찌지직거리는 음반에서 건진 옛노래에 흥얼거리며 발가락 까닥까닥하면서 더위와 짜증을 풀어내는 것 어때요.

　이름 그 자체가 장르인 '산울림'. 명곡들도 많지만, 오늘은 한국 록의 명반 "그대는 아는가 이 마음, 주단을 깔아논 내 마음~".

　잠깐, 김창완 목소리를 들으려면 곡의 반은 들어야 해요. 그때까지 그냥 드럼의 박자와 베이스 기타의 단순한 선율에 몸과 귀를 맡겨보죠.

산울림 | 내 마음에 주단을 깔고(1978 2nd Album)

즐거운 사라여, 안녕

음란서생 마광수 님이 어제 광활한 우주 속으로 별똥별 길게 그리며 사라졌습니다. 모태 기독교인, 기독교 대학교 근무, 최연소 국문학 교수, 그 천재가 쓸쓸히 세상을 떴습니다. 인구 대비 기독교 교회가 가장 많은 나라. 그럼에도 인구 대비 모텔과 노래방이 가장 많은 나라. 그리고 아직도 고린내 나는 유교 문화와 질서가 그럴듯한 나라. 이중적인 나라, 몸과 마음이 이중적인 나라, 말과 행동이 이중적인 나라. 자기보다는 남의 티끌만 보는 나라에 언행일치의 족쇄에 묶인 마광수가 있었네요. 거미줄에 걸려 퍼덕이는 아름다운 나비였네요.

아 그동안 잠시 잊혔던 이름인데 '장미 가시'처럼 심장을 찌르고 갔네요. '즐거운 사라'여! 안녕!

위선으로 가득 찬
당신의 도시를 거닐면
당신들을 스쳐 지나가는 나는
비겁자에 대한 분노의 울부짖음
— 'La Califfa' 가사 중에서

Sarah Brightman | La Califfa

가을맞이

이 맑은 가을 날씨에 어이없는 전운이 한반도 상공을 감돕니다. 능력도 없는 한국의 보수 꼴통은 미국의 힘만 믿고 한판 붙자 전쟁을 부추기고 있습니다. 그럼에도 코스피 지수는 올라가는데 웃어야 할지 울어야 할지 도통 모르겠네요. 그럼에도 구질구질하지만 소중한 삶은 계속되어야지요

"낙관주의는 우리의 의무다."

『열린 사회와 그 적들』을 쓴 칼 포퍼의 말입니다. 맞습니다, 맞고요. 오늘 우리는 '그럼에도'라는 낙관주의를 설파해야 합니다. 그리고 우리 자신과 우리 주변에 무지하고 타협 없는 '근본주의자'들을 경계해야 합니다. 그들은 능력도 없으면서 자신의 허약한 정신을 보이기 싫어 위악을 떠는 것입니다. 그들의 목소리에 끌려가면 안 되지요. 근본주의자는 저 멀리 알카에다에만 있는 게 아니지요. 우리 주변에, 아니 우리 가슴에도 있지 않나요?

윤도현의 '가을 우체국 앞에서'로 귀를 씻으시게요. 우리, 가을맞이 제대로 해요.

 윤도현 | 가을 우체국 앞에서

진실을 외면하는 무리에게 우리는

솔찬히 많은 가을비가 지붕을, 처마 물받이 구리홈통을 두드리는 새벽이었습니다. 꿈결인 듯 몸을 애벌레처럼 구부리고 듣는 빗방울 소리, 나름대로 가뿐했습니다. 어제도 오늘도 계속되는 트럼프-김정은의 말 폭탄에 두려움도 있지만 설마 하며 편안히 생각하고 있습니다.

"진실이 사람들에게 받아들여지려면, 그것은 사람들이 가지고 있는 기존의 프레임에 부합해야 합니다. 만약 진실이 프레임에 맞지 않으면, 프레임은 남고 진실은 튕겨 나갑니다."

조지 레이코프의 『코끼리는 생각하지 마』중의 한 대목입니다.

가난한 보수가, 꼴통들이 진실을 외면하는 이유입니다. 해방자 모세를 따르다 힐난했던 이들의 목소리입니다. 우리에게 선택지는 있을까요? 아니 우리 내부조차 여러 스펙트럼으로 나눠있는 현실은 암울합니다. '입장 바꿔'가 통하지 않는 남북관계와 진보-보수의 관계는 외나무다리 앞에서 물러서지 않는 염소들 같습니다. 우리에게 필요한 양식, 평화의 양식인 모성애에 기대어 봅니다.

들국화 | 사랑일 뿐이야

무얼 찾아 헤매나요

　오늘같이 흐린 날, 주막의 파전 냄새가 부르네요. 퇴근길, 오늘은 그냥 집에 가기 없기. 번개팅으로 동무들 모아 주막의 김 서린 문 주저 없이 밀기. 취흥에 불그레한 얼굴로 집으로 향하기. 뽕짝 한 구절 읊으면서 발걸음 옮기기. 그러다가 좀 서운하면 편의점 앞에서 캔맥주 하나 따놓고 다리 꼬고 앉기.

　단풍이 성큼성큼 설악 넘어 오대산 뛰어넘고 속리산에서 한숨 자고 있다네요. 학교 주위 논들이 점점 빈들로 채워지고 방아깨비가 바쁜 한나절입니다. 이미 텃새가 되어버린 백로는 우렁이 찾아 징검징검 논바닥을 헤집고 있네요. 이 가을 당신은 무얼 찾아 헤매나요? '~ 헤매이는 여자가 아름다워요~.' 헤매이는 사람이 아름다워 보이는 계절입니다. 나이가 들었지만 제겐 아직도 최고의 뮤지션인 송창식의 노래를 듣습니다. 대한민국 최고 기타리스트 함춘호와 함께 한 앙상블을 즐겨보세요.

송창식 with 함춘호 | 나의 기타 이야기

오늘 당신에게 중요한 것은 무엇인가요

이처럼 좋은 가을 햇볕이 남아있는 날이 얼마 남지 않았군요. 아직 열매 맺지 못한 꽃들은 난쟁이 몸으로라도 부지런히 꽃을 피우고, 벌집에 꿀을 미처 채우지 못한 벌들은 붕붕 뛰어다니는 날입니다. 이러한 날인데 컴퓨터 화면만 보시나요. 아니면 휴대폰 작은 액정 속에 갇혀 사나요. 누리셔요. 돌이켜보니 인생 참 짧아요. 잠깐 10분이라도 하늘을 쳐다보세요. 잠깐 쉰다고 인생 어떻게 나빠지지 않아요. 대부분 사람은 습관적으로 급한 일부터 한다던데 좀 안다는 사람들은, 또는 성공한 사람들은 중요한 일부터 한다네요. 오늘 당신에게 중요한 것은 무엇이지요?

다음에 듣는 음악은 베토벤이 귓병으로 절망의 나락에 빠졌을 때 작곡한 곡입니다. 유서를 쓰기도 하였는데 이처럼 아름다운 유서도 있네요. 물론 유서 쓰고 바로 죽지는 않았죠. 바이올리니스트 티보가 임종이 가까워진 어느 여인 앞에서 연주했더니 얼굴이 밝아지고 행복해했다는 전언이 있습니다.

 Renaud Capuçon: Beethoven - Romance for Violin and Orchestra No. 2 in F major, Op. 50(Kurt Masur)

하루하루가 소중한 나날임을

어제, 10월의 마지막 밤이었습니다. 지난 일요일 찬 바람에 월요일 첫날 서리가 어제까지 내리 이틀간 내렸구요. 짧은 가을을 서리 맞은 국화를 보며 느낍니다. 약간 색깔이 변한 그것이 새삼 나의 입술 같다는 느낌입니다. 나이 먹어감에 이제야 세상을 아는 것 같습니다. 생로병사 중에서 이제 슬슬 병과 노와 사가 구름 속 달처럼 언뜻언뜻 보입니다. 주변 사람들 사는 모습이나 이별하는 모습을 보면서 말이죠.

하루하루가 소중한 나날임을 떨어질 준비하는 나뭇잎을 통해 느낍니다. 가을 내내 있는 것 없는 것 다 나누고 누리세요. 땡감도 떨어진다던데, 선한 눈빛으로 살다 갑자기 교통사고로 떠난 배우 김주혁이 호출합니다. 빛나는 가을 햇살을.

G. Bizet | Je Crois Entendre Encore(그대 귀에 남은 음성)

우울한 늦가을 해질녘

20년 전, 꼭 이맘때쯤 우리나라 사람들은 공황에 빠졌죠. 대체 하루 아침에 무슨 일이 있었지? 얼빠진 채로 불안한 가슴을 안고 종종걸음으로 출근을 했죠. 무엇이 잘못되었을까? 온종일 텔레비전을 보며 돌아가는 상황을 지켜봤지만 오리무중. 그게 우리에게 무엇을 가져다줄지, 우리는 어떻게 될지 걱정스러운 얼굴로 서로를 쳐다보았지만, 답은 없었죠. 폭주하는 기관차처럼 달려가던 대한민국은 급제동이 걸렸고 또 다른 세상으로 사정없이 휩쓸려가고 있었죠.

IMF가 온 국민이 아는 보통명사가 되기까지는 그리 오래 걸리지 않았습니다. IMF. 이 글자는 한국인에게 두려움의 DNA로 각인될 것입니다. 그리고 그것을 극복하며 20년이 지난 지금, 조선시대 신분제보다 더한 양극화는 덤으로 텃새가 되었네요. 우리나라 국민 모두에게 일상화가 된 만성불안증, 아마 그때부터 시작되었겠죠.

내일은 수능입니다. 입시 한파가 몰아닥친다니 마음도 어둡고 춥네요. 마음 한구석 거미줄 친 아궁이에 우울한 늦가을을 지핍니다. 잘타지 않는 젖은 낙엽, 연기가 자욱해지는 해질녘을 생각하며 악마 같은 친구지만 천사의 음악을 연주하는 쳇 베이커를 초청합니다. 그리고 또 하나 젊은 날 요절한 천재 가수 차중락을 불러봅니다.

Chet Baker's Autumn Leaves

차중락 | 낙엽따라 가버린 사랑

나의 외투는 무슨 색일까

누구나 살면서 가슴에 대못 하나쯤 박고 살게 마련이고 이를 감추기 위해 화려한 외투를 걸친다는 하재일의 시. 나의 외투는 무슨 색일까 생각합니다. 돌아보니 아직도 회색이나 카키색이네요. 의식이 지배하는 마음과 몸, 완전한 자유는 조금 떨어진 곳에 있는 것 같습니다.

이제는 걸어 둔 외투를 걸치고 저녁을 나설 것. 녹이 슬면 슨 대로 과거는 놔두고 나설 것. 회색빛 하늘이 나름대로 11월을 대변하는 날입니다. 편안한 이별 노래라니, 우리가 보내는 한해도 11월도 그러해야하지요. 1950~1960년대 마리아 칼라스와 동시대 활동했던 레나타 테발디의 음성을 듣습니다. 사르티에 '사랑하는 님을 멀리 떠나'. 엘피판에서 듣는 피아노 소리란 또 어떤지요.

· Renata Tebaldi | "Lungi dal caro bene" Sarti

겨울은 오만한 우리에게 다시 한번 성찰의 기회를

먼발치에 있던 12월이 어느덧 눈썹까지 다가왔네요. 발밑에서 소스라치는 눈을 밟으며 겨울임을 받아들입니다. 인정하고 안 하고를 떠나 자연은 제길 따라 운행하는 것인데 인간만이 호들갑스러운 느낌입니다. 저녁이면 강아지가 꼬리를 말아 쥐고 때 이른 추위를 견디고 있습니다. 생애 처음 맞이한 눈이며 추위는 그에게 새로운 세상일 것입니다. 11개월 되었거든요. 오늘 눈길에 교통사고가 많았다고 합니다. 부디 소심하시고 조심하셔서 강녕하시길 빕니다. 해마다 겨울은 오만한 우리에게, 바쁘다는 핑계로 잘 까먹는 우리에게 다시 한 번씩 성찰의 기회를 주는 것 같습니다.

차이콥스키가 죽은 친구 니콜라이 루빈스타인을 추억하며 쓴 '예술가를 추억하며'를 보냅니다.

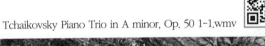

Tchaikovsky Piano Trio in A minor, Op. 50 1-1.wmv

그때의 가난은 참 평등했습니다

　맑고 쨍한 겨울 낮입니다. 쨍~ 얼음이 갈라지듯 환한 날입니다. 숨 쉴 때마다 코가 붙는 듯한 공기를 마시자니 어린 날 들불놀이 하고 썰매 타던 그 응달의 논두렁이 생각납니다. 물에 젖은 것 말리다가 태워 먹은 나이롱 양말이며 무릎 나온 바지, 그리고 호박 같은 누런 코와 때에 반질반질한 옷소매, 모두 가난했지만 행복한 날의 기억입니다. 그때의 가난은 참 평등했습니다. 그런데 그때 그 어릿광대는 어디에 있는지요?

　얼음의 여울이 미광처럼 흐르고, 여전히 내소사 길은 덜덜 떨면서

　산 밑으로 뻗어 나가고, 점점 날은 어두워 가고

　바람이 쇠북에 걸려 오래도록 쉰 소리를 내고 있습니다

　— 최하림 「겨울 내소사로」 중에서

Judy Collins ǀ Send In The Clowns

3월 바쁜 날을 새로움으로 시작하세요

오늘 봄비가 내린다 하네요. 그리고 내일모레는 약간 반짝 추위가 있다고 합니다. 널뛰기하는 날씨입니다. 지난주는 눈을 치료하느라 편지 한 통 빼먹었습니다. 오랜 추위와 가뭄이 정원의 많은 나무와 꽃들을 시들게 했는데 동사(凍死) 여부는 이 비 그치고 보름쯤이 되어야 알수 있을 것 같습니다. 물이 올라 약간 푸른빛을 띠면 사는 것이구요. 아니면 말라 죽는 것이지요.

이번에 학교를 옮깁니다. 샘골 정읍입니다. 새벽에 어지러운 꿈속에서 시간표를 반 아이들에게 알려주어야 하는데 보이지 않아 허둥댑니다. 출석부가 어디에 있는지도 모르구요. 잠재된 의식에 꿈이 먼저 긴장하는가 봅니다. 3월 바쁜 날을 새로움으로 시작하시게요. 이것은 저에게도 해당되는 말입니다. 으쌰.

매화 향기에
가던 발길 돌리는
겨울 추위여
— 바쇼의 『하이쿠 선집』 중에서

소월의 「진달래꽃」을 윤상이 작곡하고 정훈희가 부른 노래를 선물합니다.

윤상 4집 이사(2002) 10. 소월에게 묻기를

건강은 음악으로 챙기세요

정신없이 바쁜 신학기, 3월 둘째 주입니다. 님들께 음악편지 보내는 것이 민폐가 아닌지 모르겠습니다. 다행히 날이 따뜻해 조금의 위안이 됩니다. 여학생만 있는 학교는 처음이라 좀 낯설고 말 한마디도 조심스럽습니다. 혹시 나이 든 선생은 안 좋아하는지. '남녀 생활 탐구'라는 개그 프로그램을 다시 보기 해야 하는 것은 아닌지 모르겠네요.

환절기입니다. 건강은 음악으로 챙기시게요. 세르토닌인지 도파민인지 모르지만, 몸속을 휘돌아다니게 하시죠.

아주 오래된 노래와 가수입니다. 일본에서는 김연자 이전에 이미 엔카의 여왕으로 등극했던 이성애입니다. 매력적인 보이스 힌번 느껴보시길. 봄볕이 따로 없습니다. 카펜터스의 'Top of the World'를 번안한 노래입니다.

이성애 | 사랑을 느낄 때(1974)

왈츠의 계절, 봄

봄은 왈츠의 계절이죠. 요한 슈트라우스의 '봄의 소리 왈츠'나 차이콥스키의 '꽃의 왈츠'는 앙탈하는 꽃샘바람쯤이야 가벼이 날리는 부드러움을 지니고 있죠. 토슈즈로 날아갈 듯한 발레리나 발끝에서 봄은 도약합니다. 춘분에 분분히 내리는 눈에 미끄러지듯 한 주 수월히 지내시길 빕니다. 그리고 3월의 거침없는 행진을 축복합니다.

Delibes - Coppélia Waltz

'그대, 부디 젊은 날을 즐기시라'

미세먼지 속에서도 참새떼처럼 조잘거리는 여중생들, 그 아담한 교정에 고매(古梅)인 홍매가 고혹적입니다. 향기는 또 어떻구요, 늙은 나무도 이와 같은데 주름진 나의 얼굴도 잠시는 환하겠지요. 마음이 이미 봄이고, 과거에만 매달리지 않는다면 나 같은 반백의 중년도 돌아오는 청춘이겠지요. 한낮 봄꿈이야 짧은 인생을 표현하는 데 적격이겠지만 어디 우리네 인생이 꼭 그런가요. 오늘 잠시 눈 감고 코 벌름거린다면 잠시라도 백수광부 되어 노래라도 뿌려보지요, 뭐.

봄바람이 불어오면 봄꽃들은 피어나네
꽃이 피면 봄이 한창 좋았다가도
꽃이 지면 봄이 도로 꺾여버리지
봄이 오고 봄이 가며 사람은 쉬 늙으니
그대와 주야장천 꽃 아래서 술 마시리

살구꽃이 떨어지면 복사꽃이 활짝 피네
어제는 꽃이 활짝 피어나더니
오늘은 꽃이 벌써 듬성해졌네
인생이란 이와 같아서 돌아오지 못할지니
그대 부디 젊은 날을 즐기시라
— 허백당 성현(조선 성종 때 문신)의 「三五七言」 중에서

마스네의 오페라 '베르테르' 중에서 Jonas Kaufmann Pourquoi me reveiller

나이듦에 대해 생각합니다

때 이른 더위에 한꺼번에 핀 꽃들이 봄비 맞아 떨어지네요. 갈봄 여름 없이. 비안개가 내장산 서래봉을 휘감아 돌고 있습니다. 숨 가쁘게 달려왔던 꽃의 화신(花信)을 잠시라도 한 소금 쉬라고 하는 것 같네요.

나이듦에 대해 생각합니다. 이어 젊음에 대해 생각합니다. 영화 〈Youth〉 이야기입니다. '젊을 땐 모든 게 아주 가까이 있는 것처럼 보여. 미래니까. 하지만 늙으면 아주 멀리 있는 것처럼 보이지. 과거니까.'

탄탄한 피부가 젊음을, 늘어진 살이 늙음을 증명하는 게 아니라 열정이 좌우한다고 하네요. 영화 속 클라이맥스 한 장면, 조수미의 노래를 들어보죠. 그리고 그 고혹적인 붉은 입술을 탐미해보시길.

 Simple Song #3 | Sumi Jo(Youth's Soundtrack) - La giovinezza (colonna sonora finale)

봄날 비발디

비 갠 뒤 맑은 날이네요. 아직 황사와 미세먼지가 끼어 있지만, 봄날은 봄날입니다. 순식간에 많은 꽃이 피었다 져서 일부 산등성이에 산벚꽃만 듬성듬성 남아있는 봄날이지만 집 정원에 돌단풍과 튤립이 만개하고 화단의 돌나물은 한껏 푸른빛을 내뿜고 있습니다. 하여 꽃대가 부러질까 봐 당분간 강아지의 자유를 속박하고 있습니다. 어색한 목줄에 몸부림을 쳐도 어쩔 수 없네요. 어제도 꽃대 두어 개 부러뜨렸지요. 말썽을 크게 부리지 않는 놈인데도요.

지붕이 스페니쉬기와라 공간이 아주 안성맞춤으로 참새떼들이 집짓기에 부산해 마당 곳곳이 풀뿌리와 잔 나뭇가지로 어지럽습니다. 반갑지 않은 손님이 또 있는데 철 따라 나오는 잡초가 그것입니다. 꼴을 보아야 하는데 그냥 두면 나중에 창궐해져 손 쓸 도리가 없어 굳이 보는 족족 뽑고 있습니다. 그때만은 온갖 잡념이 물러납니다. 물론 허리는 무지하게 아프지요. 하여튼 좋은 날, 봄날 비발디의 플롯 협주곡 '홍방울새'를 들어보시겠어요? 앙증맞은 피콜로 소리와 함께 환절기 내내 가벼운 한주 되길 빕니다.

 A. Vivaldi: Il Gardellino, Op. 10 n. 3 - Concerto for flute, strings & b.c. in D major (RV 428)

우리는 무엇 때문에 그리 바쁜가

연이틀 비가 내린 뒤 맑은 날. 공기가 제법 청량합니다. 날이 새자마자 어디서 날아왔는지 참새며 파란 물까치 등이 순서대로 집 앞 확독에 물 마시러 내려앉아 재잘거립니다. 서남대의 조류학자 김성호 교수 말에 따르면 새들은 대체로 산란기를 제외하고는 아침 동틀 무렵과 저녁 해질 무렵에만 먹이 활동을 하고 나머지 시간은 만나서 떠들며 논다고 하네요. 그들의 노동은 겨우 3시간이면 되는데 어이하여 인간은 잉여를 남기고 축적하느라 그리 바쁜지요. 그들은 틈만 나면 깃을 손질하고 멋내기에 바쁘다던데. 우리는 무엇 때문에 그리 바쁠까요.

저녁 무렵이면 100미터쯤 떨어진 금구향교 대성전 앞 200년 된 은행나무에서 까치떼 소리는 얼마나 요란한지요. 애 키우는 이야기, 앞 논 뒷산 못짐승 만났던 이야기, 친구와 싸운 이야기, 농사 이야기, 날씨 이야기 등등이 아마 주제로 올라왔을 겁니다. 특히 먹을 것 이야기가 주를 이루었겠죠. 그중에는 로드킬 당한 어린 고라니 이야기도 있겠지요. 나무아미타불 관세음보살. 불교 신도는 아니지만, 원효가 그랬듯이 로드킬 당한 동물 사체를 보며 극락왕생을 비는 방법으로 위 주문을 세 번쯤 읊조립니다. 나무아미타불 관세음보살. 나무아미타불 관세음보살. 나무아미타불 관세음보살. 잠깐 맑은 날. 다시 한 번 비 오는 날엔 새들은 어디서 잠을 자는지, 나비들은 어디서 날개를 접고 있는지 궁금해집니다.

황풍년의 『전라도, 촌스러움의 미학』도 보냅니다.

"우리 손지가 공부허고 있으문 내가 말해. 아가, 공부 많이 헌것들이 다 도둑놈 되드라. 맘 공부를 해야 헌다. 인간 공부를 해야 헌다, 그러고 말해. 착실허니 살고 놈 속이지 말고 나 뼈 빠지게 벌어 묵어라. 놈의 것 돌라 묵을라고 허지 말고 내 속에 든 것 지킴서 살아라. 사람은 속에 든 것에 따라 행동이 달라지는 벱이니 내 마음을 지켜야제 돈 지키느라고 애쓰지 말아라."

— 왕대마을 윤순심 할머니, 황풍년의 『전라도, 촌스러움의 미학』

Messiaen - L'Alouette Calandrelle - Catalogue d'Oiseaux

사랑해, 고마워, 행복해

어제는 하루종일 송홧가루 날리는 날이었습니다. 박목월의 윤사월 눈먼 처녀가 되어 봅니다. 노랗게 바람이 몰고 가는 산자락 저편에 노랑 할미새 한 쌍쯤은 바쁘게 알을 품는 암컷을 위해 아니면 노란 부리 삐악거리는 새끼들을 위해 하루 수백 번씩 바쁘게 벌레를 물고 날아다니겠지요. 자기 깃털 빠지는 줄 모르고요. 곧 어버이날이 가까워 옵니다. 어쩌다 한 번씩 드나드는 요양원을 나올 때마다 마음이 무겁습니다. 축축하고 아련한, 그러면서도 포기한 눈빛들이 제 목 뒷덜미를 잡고요. 이어 부끄러움이 현관문을 나서는 제 발걸음을 허둥거리게 합니다.

오늘 비가 모처럼 제대로 날리네요. 제 마음의 남은 찌꺼기도 함께 씻겨 나가길. 그래도 아마 길가 하수구 주위에 노란 송홧가루가 얼룩져 있을 겁니다. 제 마음도 아마 얼룩지고 그러하겠지요. 오월은 어느 백화점 광고 문구처럼 '사랑해, 고마워, 행복해' 이런 구절을 세 번씩 읊조리세요. 그럼 마음이 한결 좋아질 테니까요. 바흐의 '아리오소'를 피아노 대신 기타 반주 버전으로 보냅니다. 오월 내내 행복하시길. 아울러 조선 시인 이매창의 절창 '이화우'도 보내요.

J.S. Bach, Largo | Arioso, Martin Ostertag & Boris Björn Bagger

이화우梨花雨 | 바리톤 김한결

오월은 푸르고 붉어

모처럼 맑은 날이 연이
틀 이어지네요. 계절의 여
왕답게 오월은 푸르고 작
약꽃은 매우 붉어 선명한
대비입니다. 이제 연못에
언뜻언뜻 수련이 피기 시
작하구요. 못가엔 붓꽃이
들쭉날쭉 키 재기를 하고
있습니다. 모네의 수련처럼 햇빛에 빛나고 모네의 정원처럼 흐드러지
고 싶은 날입니다.

어제는 어버이날이었습니다. 항상 느끼는 거지만 무거운 마음이, 푸
른 죄가 청동의 녹처럼 잘 없어지지 않네요. 가정의 달 그것도 어버이
날을 맞아서 카네이션보다 현금이 좋다는 여론조사 발표나, 노인 요
양병원만 뭉치로 돈을 번다는 기사나, 노욕이랄지 아니면 소신이랄지
일흔 넘어서도 정치 일선에서 물러서지 않으려는 노(老)정객의 유세 현
장 등이 씁쓸합니다. 에이 눈 감자. 아직도 문상봉 너 뭐야. 이런저런
것 좀 괘념치 말고 오늘 이 푸른 날만 마음껏 누려봐. 말만 그러지 말
고. 잊어! 엄지 발끝 세워 바닥 한번 원을 그려봐.

HAUSER - Oblivion(Piazzolla)

젊으면 젊은 대로, 나이 들면 나이 든 대로

나는 학교에서 그릇이라 배웠지만
어머니는 인생을 통해 그륵이라 배웠다
그래서 내가 담는 한 그릇의 물과
어머니가 담는 한 그륵의 물은 다르다
— 정일근 「어머니의 그륵」 중에서

잔뜩 찌푸린, 금방 비가 올 것 같은 새벽입니다. 마파람에 뭔가 어수선하고 부산한 어제 저녁 다시 찾아온 개구리 소리에 잠을 설쳐 나가보니 작은 청개구리 한 마리입니다. 확독 옆 화살나무에 납작 엎드려 있어서 찾는 데 한참 걸렸습니다. 휴대전화의 플래시 기능을 활용해 이파리 곳곳을 비추어 잡았습니다. 손가락 한 마디만 한 작은 청개구리 소리가 어이 그리 큰지요. 한철 한때 미물이지만 존재의 울림이 밤새도록 가시지 않았습니다. 어제 가슴 한구석이 담 걸린 옆구리처럼 욱신거렸습니다. 하여 패대기치지 않고 두 손에 담아 쥐고 걸었습니다. 골목길 돌아 무논에 놓아주었습니다. 죽음과 삶 사이 할딱거리는 불안한 심장 소리가 손아귀 안에 개구리 오줌과 함께 남았습니다.

여리고 약한 것일수록 보호색을 띤다는 신영복 선생님의 말이 생각났습니다. 감방 안에서 온갖 문신을 한 무서운 폭력배들을 만나고 같이 부대끼면서 얻은 생각이랍니다. 정치적 약자들이 선택한 보호색 문신. 그럼 우리들의 보호색은 무엇일지요.

어젯밤 개구리를 놓아주러 가는 길에 금구초등학교 담벽에 무리지

어 피어 있는 울타리 장미를 보았습니다. 오월은 장미의 계절이죠. 붓꽃과도 같은 여러 꽃도 있지만. 젊으면 젊은 대로, 나이 들면 나이든 대로 장미처럼 환한 오월이 되었으면 합니다. 스승의 날보다는 교사의 날이 타당하다는 말이 들려오는 요즘, 선생님들께 백만 송이 장미를 올립니다. 열정. 그립습니다.

심수봉, 장기하 | 백만송이 장미

우리 아이들을 위해서

비가 세상을 윤택하게 합니다. 하늘의 수고로움이 한반도에도 조금 돌아와 뿌려주었으면 합니다. 이제 이 비 그치면, 봄은 가고 본격적으로 여름이 시작되겠죠. 盛夏(성하). 한반도의 대운이 푸른 나무처럼, 크게 펼쳐지길 기대합니다. 실업자로, 무취업자로 허덕이는 우리 아이들을 위해서도요.

얼마 전부터 아이들이 1교시에도 에어컨을 틀기 시작합니다. 원래 아이들이야 열이 많기도 하니 말입니다. 반면에 어깨가 시리고 머리가 멍한 중년의 나이는 미상불 사위어가는 숯불, 아니 재 속의 숯불과 같네요. 하지만 미미한 숯불이라도 꺼지지 않고 지켜간다면 다른 숯이나 나무와 더불어 큰 불꽃을 피울 수도 있지요. 아이들이 바로 그 나무요, 다른 숯이라 해도 다르지 않겠지요.

약 400년 전 위기의 조선지도부 선택은 참으로 보기 민망할 정도로 암울하고 혼돈스럽습니다. 하지만 그 안에서도 나름대로 고군분투한 이들은 두고두고 회자됩니다. 이에 내내 반목했다 청나라에 같이 끌려가 화해했던 두 사람의 시를 소개합니다. 하나는 척화파 청음 김상헌이요, 하나는 주화파 최명길입니다. 그 시대 그 세계관 안에서 암울한 현실을 고뇌했던 사람들의 편린입니다. 그들의 다툼과 고민이 묵직하게 다가옵니다.

고요 속에 뭇 움직임 살펴봐야만
진정한 일을 원만히 처리하리라

끓는 물도 얼음장과 같은 물이고

털옷이나 베옷도 다 같은 옷이네

일이야 혹 때에 따라 다를지언정

속맘 어찌 바른 도와 어긋나리오

공이 능히 이 이치를 깨닫는다면

침묵함도 말함도 다 천기일 걸세

— **최명길**

성패는 다 하늘 운에 달렸거니

오직 의에 맞는가만 보아라

아침저녁 비록 서로 뒤바뀌어도

어찌 윗옷 아래옷을 바꿔 입으랴

權道(권도) 쓰면 현인도 혹 잘못되지만

正道(정도) 쓰면 뭇사람들 못 어기리라

이치 밝은 선비에게 말해주나니

급할 때도 저울질을 신중히 하소

— **김상헌**

HAVASI — Prelude | Age of Heroes(Official Video)

진정성과 모험정신

 몇 년 전부터 슬그머니 다가와 이제는 주인 행세를 하는 미세먼지가 여름 초입까지 장악하고 있군요. 이웃을 잘못 둔 탓입니다. 좋은 이웃은 천금을 주고서라도 얻어야 한다던데 서쪽 이웃은 지맘대로이고 동쪽 이웃은 적반하장입니다. 더 먼 동쪽 이웃은 마치 주인 종 부리듯 합니다. 그나저나 여름에는 문이란 문은 모두 열어놓고 살아야 할 텐데 걱정입니다. 이러다 우리나라 금수강산의 자랑인 가을의 푸른 하늘을 영영 잃는 것은 아닌지요. 자각하지 못한 사이 우리 정신세계에 뿌리박힌 식민지 잠재의식이나 사대주의가 미세먼지처럼 자욱합니다.

 3·1절에도 태극기와 성조기를 흔드는 일부 우익들이니 박근혜 탄핵 반대를 외치는 태극기 부대나 친일 친미가 뿌리임에는 틀림없습니다. 강자에 빌붙어 삶을 모색하는 것이야말로 친미와 친일이 다를 바 없습니다. 지난한 역사를 보더라도 하루아침에 친일반미에서 친미로 돌아서는 행태에 지금의 자칭 극보수의 모습을 투영해 볼 수 있을 것 같습니다.

 정선없이 롤러코스트를 타고 있는 한반도 정세에 온통 관심이 쏠린 5월 말. 아직도 강대국 눈치나 보아야 하는 처지지만 수십 년 만에 찾아온 희망의 끈을 놓칠 수는 없습니다. 트럼프의 변덕이 어디까지 통할지, 문재인의 진정성이 어디까지 다다를지, 김정은의 모험이 어디까지 보장받을지 걱정이 많은, 제3자이지 못한 대한민국 국민들. 오늘도 텔레비전과 컴퓨터 모니터에 눈을 떼지 못할 것 같습니다. 자칭 보수세력은 일본 놈들과 함께 어제도 오늘도 그 알량한 권력을 위해 짖어

대고 있으니 가관입니다. 눈을 돌리고 귀를 열어 잠시 20세기 초 프랑스 파리의 거리 풍경을 한번 보시게요.

Erik Satie | Once Upon A Time In Paris

하나 더. 우디 앨런의 영화인 '미드나잇 인 파리(Midnight in Paris)'에서 밤 카페 테이블에 마주 앉아 헤밍웨이와 피카소, 스콧 피츠제럴드가 내뿜는 자욱한 담배 연기를 함께 마셔봐요. 싸구려 와인도 괜찮아요. 대리운전 대신 택시 기사가 항상 카페 앞에 대기하고 있거든요. 아, 카페가 아니라 살롱이죠. 아마, 로열 살롱?

Midnight in Paris OST | 02 - Je Suis Seul Ce Soir

사람은 모두 의미있는 꽃

지난 한 주는 축제였습니다. 31년 전 6·10항쟁의 결실을 본 것 같았습니다. 아직 마지막 문 하나만 2년 후에 남아 있구요. 그때까지 파수꾼처럼 지켜볼 생각입니다. 이제는 온 산하가 푸름입니다. 정원의 꽃들은 어지간히 다 피었다 지고 이제 백합 정도만 남아 있습니다. 그러나 문을 나서 들판을 나가 보면 가지가지 꽃들이 피어 있습니다. 메꽃부터 창궐하는 개망초까지 꽃들 천지입니다. 흔히 잡초라고 불리는 꽃들, 그들의 생명력 앞에 제초제도, 예초기도 무용지물입니다. '발본색원'을 할 수 없습니다. 예전에 안기부나 경찰서 대공과에서 현상금을 내걸고 공모한 좌파 발본색원이 생각납니다. '좌경용공'이란 말노 있었지요. 그러더니만 슬그머니 '종북'이란 단어가 나왔습니다. 이젠 어떤 단어가 남아 있을까요? 명명하는 순간 고정이 되고, 변명의 여지 없이 진리가 되는 이 희안함.

식물은 안 좋은 환경이 주어지면 누구보다도 빨리 그에 맞춰 키를 낮추고 몸을 움츠리고 일찍 꽃을 피워 씨를 맺습니다. 생명에 각인된 유전자의 놀라운 적응력입니다. '적자생존'이란 놀라운 단어가 생각납니다. "살아남는 자는 강한 자가 아니라 새로이 변화된 환경에 적응하는 자이다"라는 구절을 생각하며 강한 자, 돈 많은 자만 되기를 바라는 일부 부모와 일부 교육 종사자의 열망에 딴지 한 번 걸어봅니다. 사람 모두가 의미있는 꽃이잖아요.

나윤선 | 아름다운 사람

태풍 뒤 습기를 지우며

어제, 저녁 하늘을 보셨는지요? 태풍 덕분에 한껏 부풀어 오른 구름과 깨끗한 하늘이 갖가지 색깔로 치장하고 패션쇼를 하더군요. 후텁지근한 몸과 마음도 깨끗하게 씻겨나갔습니다.

씻김, 인간은 늘 크고 작은 씻김을 통해 거듭나고 새로이 시작하나 봅니다. 슬픔과 기쁨, 희망과 절망, 그 사이에서 줄타기하는 어릿광대. 우리는 과연 어떤 장대를 가지고 균형을 잡으며 살아갈까요.

며칠 눅눅했던 이불과 옷가지, 그리고 밀린 빨래를 건조대에 널어두고 왔습니다. 퇴근 후 저녁 무렵 빨래들을 입가에 대면 바삭바삭한 센베(전병) 냄새가 나겠지요. 뽀송뽀송한 삼베 이불이나, 인조견 이불을 머리끝까지 덮고 눕겠지요. 습기에 무거운 옷과 마음을 벗고 유쾌하게 한바탕 즐겨보게요.

오페라 〈돈 조반니〉에서 나오는, 주인이 하녀를 유혹하는 장면입니다.

Wolfgang Amadeus Mozart | Don Giovanni - Là ci darem la mano

여름날 물망초

　지난주 토요일 덕진 연못에 다녀왔습니다. 연꽃이 만발하였더군요. 사람들도 형형색색 만발하였고요. 굳은 얼굴들이 활짝 피었더군요. 항상 1학기 기말고사쯤이면 연꽃이 피었습니다. 진토의 땅에서, 오물의 땅에서 피어오르는 거룩한 합장. 그 서원은 무엇이었을까요? 진흙 구렁텅이에 사는 우린 무엇을 서원해야 하나요? 장마가 끝나고 더운 여름이 본격적으로 시작한다 합니다. 부디 몸 잘 살피시고 여름 한 철 건강히 지내시기 바랍니다. 아 참, 이번 주 꽃 지기 전에 가까운 연 방죽 한번 들러보세요. 김제 청운사의 백련도 좋고, 태인 피향정의 연꽃 바다도 좋고, 아니면 조그만 수반에 작은 이리연꽃 한 송이 키우시는 것도 좋고. '물망초'란 노래 보냅니다. 불볕더위 식히시길.

> 씻은 듯 정갈한 띳집이 물가에 자리하고
> 십 리에 뻗은 연꽃은 비단을 쌓은 듯하네
> 나귀 탄 길손 역시 무심한 터라
> 들오리도 스스럼없이 반겨서 맞아 주네
> **— 이행(연산군 중종 때 문신) 「나귀 탄 길손은 누굴 찾아가는 걸까」**

쿠르티스 물망초 Non ti scordar di me | Jonas Kaufmann

작열하는 태양의 제전에 올립니다

오늘 아침 작은 연못에 있는 수련에 눈도장을 찍고, 강아지에게 닭 날개 하나 던져주고 왔습니다. 오늘 하루 폭염에 힘들 만물에게 잠시 같은 마음을 전합니다. 수련은 물 수(水) 자를 쓰는 게 아니라 잠잘 수(睡)를 쓴다 합니다. 왜 그럴까요? 수련은 오전에만 피고 뜨거운 오후에는 앵돌아진 처녀 모양 입술을 다물고 있네요. 부드러운 햇볕을 좋아하지 날카롭고 뜨거운 태양의 입김은 싫은가 봅니다. 꼭 그 모습이 꼭 신화 속의 나오는 어느 여신들의 심리와 같습니다.

마음을 여는 데 필요한 것은 강함이나 강압이 아니라 부드러운 눈빛이겠지요. 오늘도 수업시간에 엎드려 자는 학생을 깨웠더니 말도 안

되는 것 가지고 따집니다. 겨우 중학교 1학년짜리가 따지기에 '아, 내가 지금 뭐 하는 거지' 하면서 조곤조곤 이야기해도 납득하지 않네요. 참 내가 뭐 하는 거지? 내가 부족한 게 참 많나? 그동안 부드러운 눈빛이 아니었나? 상처 준 말은 없었나? 싸가지 없다고 말하기에는 참으로 거시기한 장면을 나름대로 잘 버무려 마무리하고 나왔네요.

다행히 잠잘 수, 쉴 수 있는 방학입니다. 누군가 말하기를 "교사가 미치기 전에 방학을 하고, 학부모가 미치기 전에 개학을 한다"던데, 모레부터 방학에 들어갑니다. 소설책 열 권 독파를 계획합니다. 방학 동안 잠시 음악편지 쉽니다. 더운 여름 폭염 감옥에 갇혀있겠지만 지리산 푸른 폭포수를 그리며 내내 건강하시길 진심으로 빕니다. 그동안 바쁜데 시간 빼앗아서 미안합니다.

세 명의 세계적인 기타리스트들의 향연을, 작열하는 태양의 제전에 올립니다.

 Mediterranean Sundance - Al Di Meola

통일의 명태 떼야, 어서 오너라

아침저녁으로 약간 기분 좋은 쌀쌀함이 목덜미를 감싸 안네요. 그 불볕더위는 다 어디 갔는지 불과 보름도 안 되는 것 같아요. 담장 옆 대추는 나날이 굵어가고 조만간 추석 빌미 삼아 한 입 베어 물겠죠. 풋내도 이빨 사이 잠시 머물겠죠. 문밖을 나서 조금 걸으면 나락이 이삭 팼는지 좀 되었는지 고개를 숙이고 있네요. 조만간 콤바인이 바리깡 머리 돌리듯 논바닥을 훑고 지나가겠죠. 그렇게 또 한 해, 거둘 것 거두고 마무리되겠죠.

다음 주 정도 남북 정상회담이 두 번째 열린다는데 정말 항구적인 평화가 정착되기를 바랍니다. 꼴통들은 그대로 놔두고서라도. 1차 회담 전에 평양공연에서 강산에가 부른 명태 기억하시나요? 저는 바리톤 오현명의 명태만 기억납니다. '검푸른 바다 바다 밑에서 줄지어 떼지어 찬물을 호흡하고~.'

아, 그러나 지금은 러시아산만 남아있는 전설의 명태. 자, 명태 떼 따라 동해 바다로 가보시게요. 원산 바다에 가보시게요. 지금은 거의 바닥난 울릉도 오징어도 찾으러, 집어등 환히 켜고. 통일의 명태 떼야, 오징어 떼야 어서 오너라.

명태 | 오현명

그리운 친구들

　추석을 앞둔, 약간 흐린 수요일입니다. 그래도 영락없는 가을날인 것이 어느새 구름의 높이가 높아져 있네요. 조금 더 맑은 날이라면 물비늘 반짝이는 섬진강변을 자전거 타고 달리고 싶겠죠. 갈대와 억새와 여뀌 등속이 한데 어우러져 반짝이는 그런 날. 우리도 한때 그런 날이 있었죠. 지금도 그런 날일 수 있겠고요. 그 어떤 날이든 현재가 가장 좋은 날입니다. 즐거운 추석 명절 만드시길 바랍니다.

　젊은 날을 그리워하는 노래. 친구들을 그리워하는 노래. 참 오래된 노래 보냅니다.

Mary Hopkin - Those Were The Days

나이 들수록 가벼워져야

어제 비에 더 맑아진 가을날입니다. 더 반짝이는 고마리 꽃이 지천으로 깔렸습니다. 여뀌꽃도 나름 좌판을 벌였습니다. 나락들은 점점 더 고개를 숙이고 코스모스는 제철 만나 미풍에도 설레는 마음을 가눌 길 없습니다. 하여 저도 지천으로 깔린 이슬 밟으며 짧은 인생의 발자국 남깁니다.

50대 후반의 나이가 좀 더 가벼워질 수 있도록 욕심을 버리려 하는데 잘 안되네요. 인간만이 나이 들수록 내려놓지 못하는 게 많나 봅니다. 아, 대문 입구에 벌레 먹은 감이 떨어져 뒹굴어 다니는 걸 주어 식탁에 올려놓고 바라봅니다, 연시라고 하지요. 어찌어찌하여 뜨거운 한여름을 난 굵은 대추알 몇 개 씹으며 씨를 내뱉습니다. 가을 한나절 대추 맛이라니 눈감고 느껴보시길.

내일은 수요일이지만 쉬는 날이라 하루 앞당겨 보냅니다.

John Lennon - "Love" - lyrics

언제나 가장 중요한 현재를 가득 누리길

가을비 한번 뿌리고 나면 내복을 하나 더 껴입는다는 말이 있듯 어젯밤에 조금 내린 비로 한결 쌀쌀해진 날씨입니다. 연못가 석류는 몇 개가 벌어져 쏟아지기 일보 직전이고, 긴 여름 가뭄을 이긴 국화는 좁쌀만 한 꽃잎들을 머금고 잔뜩 웅크리고 있네요. '피어라, 피어라! 얼굴 좀 보자.' 몇 마디 되뇌고 출근했습니다. 이런 날은 이런 날대로 땡땡이치고, 바바리를 걸치고 쏘다니다가 어느 작은 카페에 가서 따뜻한 한 잔의 커피를 두 손에 쥐고 창밖을 응시하는 상상을 합니다.

'해찰'이란 말 참으로 새롭게 다가오는 나이입니다. 어릴 때 어른들로부터 학교에서 해찰하지 말아라 귀에 못이 박히도록 들었는데 이제는 정말 해찰하고 싶네요. 해찰의 의미를 어디까지 던져야 할까요. 생로병사 중에서 이제 노와 병과 사가 남았는데, 눈 어둡고 귀 어둡기 전에, 두 발 아직 움직일 수 있을 때 맘껏 돌아다니는 것. 그것이 장땡 아니겠어요? 맘껏 노시길. 놀다 놀다 거지 된 탕아가 무에 상관이냐. 그래서 '그립고 아쉬움에 가슴 조이던 머언 먼 젊음의 뒤안길에서 인젠 돌아와 거울 앞에 선 내 누님같이 생긴 꽃이여'처럼 만년에 꽃피어 늙어 가시길. 그리고 언제나 가장 중요한 현재를 가득 느끼시길.

이글거리는 엘리자베스 테일러의 눈동자가 기억나는 영화 주제가.
Ella Fitzgerald - The Shadow Of Your Smile (High Quality Remastered)

당신에게도 신의 날이 되길

누리리. 이 짧은 가을 햇볕을
누리리라 이 넓은 가을 하늘을
눈 감고 듣느니 나비 같은 바람 소리
언뜻언뜻 몸 뒤집는 나뭇잎 소리

출근길 아침 차창과 백미러에 이슬을 훔치다 잠시 주춤합니다. 밤새 슬어 놓은 풀벌레 소리 같아 고운 이슬 차마 물티슈로 닦기가 참 그렇습니다. 하지만 이내 바쁜 척하는 일상으로 다가가 시동을 걸고 와이퍼를 움직입니다. 뒤는 열선 스위치를 넣고요. 썬득거리는 의자에 앉아 몸을 비벼 이내 열을 냅니다. 벌써, 아니 이미, 아침 안개와 저녁놀이 그럴듯한 가을날입니다. 잠깐씩 미세먼지가 눈앞을 가로막지만 강아지의 뜀박질처럼 내 마음의 뜀박질을 가로막지는 못합니다.

다가올 추운 겨울은 잠시 내려두고 하늘을 보아요. 길 가다 시든 과꽃과 맨드라미도 훑어보고, 여린 코스모스 하나 꺾어 비행기도 날려 보시게요. 가장 아름다운 별 지구의 가장 아름다운 계절을 바바리 안에 감추고 귀가하시게요. 곡 제목이 '신의 날'이랍니다. 다른 의미이기는 하지만 오늘이 신의 날입니다. 당신에게도 신의 날이 되기를.

Max Bruch "Kol Nidrei" Daniel Müller-Schott, cello

가을은 긴 겨울을 준비하는 때

'오이는 아주 늙고 토란잎은 매우 시들었다.'

문태준 시인은 10월을 이렇게 표현했습니다. 그렇습니다. 시월 좋은 햇볕 아래 멋진 하늘과 멋진 산하를 바라보면 위 구절 같은 것은 보이지 않습니다. 단풍이 불타오르고, 행락객들이 더 울긋불긋한 단풍철이고 보면, 하산 길 막걸리 한 사발에 불콰하게 달아오른 뺨과 흥은 가을의 진면목을 가리곤 합니다. 하지만 가을은 긴 겨울을 준비하는 때입니다. 그동안 돌아보지 못했던 것들을 돌아보는 때이기도 합니다. 벌여놓은 것들을 추스르는 때입니다.

오이는 아주 늙었습니다. 그래요, 저도 조금은 낡았구요, 토란잎은 매우 시들었습니다. 저 또한 시든 것들이 있습니다. 열정, 꿈꿈, 치기, 도전, 질풍노도 이런 것들. 하여 다시 더듬어봅니다. 아름다운 과거와 부끄러운 과거를. 그것들은 그것들 나름대로 의미가 되어 우리 인생을 직조하겠죠. 나머지 인생도 한 편의 그림 중 퍼즐 한 조각이 되겠죠. 돌아보면서 가을 마무리, 한해 마무리 잘 준비하시기 바랍니다. 환절기의 목은 늘 여리고 허약합니다. 잘 돌보시길.

ADELE | Lovesong

가까운 이들과 다정한 저녁 보내세요

늦가을입니다. 그것도 시월의 마지막 날. 노랗게 물들었던 석류 이파리가 대부분 떨어져 흩어지고 조금만 남아 바람에 떨고 있습니다. 이제 담 밑에 국화는 만개했구요. 오래 국화향을 느끼려면 서리 오는 게 조금 늦어져야 하는데 하늘의 뜻만 엿보고 있습니다. '어쩔 수 없음', 이 말처럼 늦가을은 다가옵니다. 인간의 유한함은 자연의 천변만화를 더 아름답게 볼 수 있게 하는 신의 교묘한 장치 아닐까요. 저는 그렇게 보려구요.

시월 이즈음이면 이용의 '잊혀진 계절'이 최양숙의 '가을편지'가, 최헌의 '가을비 우산 속에'가 흘러나오곤 했던 날을 기억합니다. 저도

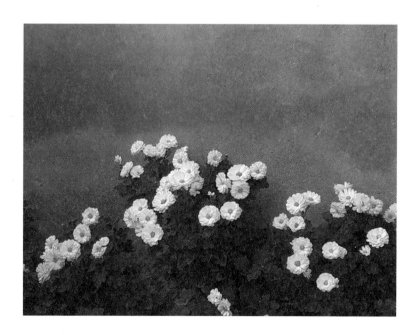

이들처럼 시즌 송 하나 만들 듯 시 한 편 썼으면 좋겠습니다. 김소월의 '진달래꽃', 서정주의 '푸르른 날', 버스커버스커의 '벚꽃 엔딩' 등과 같은…….

오늘은 이 노래 대신 죽은 자들을 기억하는 영화 〈코코〉의 음악 몇 곡 선사합니다. 오늘을 꼭 기억하세요. 가까운 이와 함께 다정한 저녁도 좋구요.

만화영화 코코 OST (Coco Soundtrack) Remember Me(2017)

소릴 질러 봐, 고함 한 번 쳐 봐

미세먼지가 어제에 이어 답답하게 목을 조여 오는 늦가을입니다. 그다지 좋지 못한 이웃들이 우리의 모든 것을 가지고 놀려 할 때 우리의 무력함을 새삼 느끼게 되네요. 언제부터인가요? 언제까지인가요? 왜 우리가 미국 중간선거에 목을 매달고 살아야 하나요? 트럼프의 입만 쳐다보는 세계인들이라니. 이런 세상을 누가 만들었죠? 가난한 보수주의자들인가요? 티파티와 같은 미국 근본주의 기독교인들인가요?

그런데요. 우리의 욕망은, 우리 욕망의 안개는 또 그렇지 않은가요? 모든 것이 어두운 안개에 뒤덮인 작금, 북미 대화도 그렇고 경제도 그렇고, 우리네 삶 또한 그렇고. 힘들지요? 이런 때는 소릴 질러 봐. 그냥 고함을 쳐 봐. 버틸 수 있겠어? 다른 모든 사람이 포기하고 내려놓을 때도 말이야.

Imagine Dragons | Natural (Lyric)

영화 〈보헤미안 랩소디〉가 상영되고 있답니다. 시간 내어 한 번 가보셔요. 웃통까지 후끈하게 벗어젖힌 프레디 머큐리의 열정을 보실까요? 자 오늘 끝까지 달려봐.

Queen | Don't Stop Me Now (revisited 2018)

부디 가벼운 부끄럼만 남기를

하루 늦은 편지를 보냅니다. 출장이다 뭐다 해서 조금 바빴습니다. 서리가 연달아 내려 출근길 성에 제거로 조금 시간이 지체됩니다. 덕분에 자동차 엔진이 눈 뜨자마자 풀리지 않은 근육으로 먼 길을 나서지는 않습니다. 서릿발에 국화 색깔도 조금씩 변하고 있고요. 이미 은행나무 잎은 바닥에 즐비하게 누워있네요. 조만간 그마저도 칙칙한 겨울의 모습으로 달라지겠죠.

이 세상 '변하지 않는 것은 없다'란 말이 오히려 불변의 진리처럼 느껴지네요. 오늘은 수능 날, 맘 졸였던 부모와 오늘 결전을 위해 십수 년을 잠도 제대로 못자 피곤한 어린 영혼들에게 안타까움으로 레시피 한 위로를 보냅니다. 이 못된 매트릭스를 걷어내지 못한 어른의 한 사람으로서 부끄러움도 있구요. 영화 〈죽은 시인의 사회〉에 나오는 '까르페디엠'이 생각나는 한나절입니다. 부디 가벼운 부끄럼만 남기를.

고등학교 때 곱슬머리 줄리앙 대신 소묘에 쉬워 보여 데생했던 아그리파 소상과 비슷한 친구 소개할게요.

Jonas Kaufmann - Parla più piano - Live(대부 2 주제곡)

동료들과 따뜻한 커피 한 잔

지난 주말엔 고속도로 상하행선 모두 많이 막혔다고 하네요. 단풍철도 아닌데 무슨 일인가 궁금했는데 김장철이라는 말을 들었습니다. 김장철, 말 그대로 한 가족의 가장 큰 월동 준비행사가 아닌가 합니다. 예전에 문화부에서 유네스코 무형문화유산에 신청한다는 말을 들었는데 어찌 되었는지 모르겠네요. 가난하지만 식구들의 따뜻한 밥 한술과 김치찌개 한 그릇을 위해 수고를 아끼지 않았던 김장. 단촐한 식구인 저희 집은 본댁과 처가 여기저기서 얻어먹다 보니 없어진 풍속인줄 알았는데 아직도 남아있네요. 참으로 고맙네요. 온 식구가 매달려 종일 다듬고 절이고 무치고 해서 차 트렁크에 두세 상자씩 차에 싣고 나가는 모습, 보기 좋네요. 가는 곳이 그 어디든 김치냉장고 속에서 잘 숙성될 가족들의 사랑과 정이 가득하길 기원합니다.

가을 끝자락, 아니 겨울 초입입니다. 벌거숭이 된 나무들 사이 바람끝이 차가워지는 내일모레, 계속 추운 날씨가 예상된다 합니다. 동료들끼리 따뜻한 한 잔의 커피를 나누는 점심시간 풍경을 그려봅니다. 아, 추억어린 서라벌 레코드사의 마크가 보이네요. 묵직한 베이스 기타 소리에 커피 향이 흘러내리네요. 거기에 담배 냄새도 조금 섞인……

노고지리 | 찻잔

사랑하세요, 아낌없이

어젯밤 비에 씻겨 나간 먼지와 잡념들이 어디선가 또다시 창궐을 꿈꾸고 있겠지요. 하지만 청량한 오늘을 즐겨요. 영하로 내려간 추위도 햇빛 아래 사금파리처럼 반짝거리네요. 청설모도 월동 준비에 이리저리 바쁜 한때겠지요. 대체로 이때쯤 학교는 2학기 기말고사가 진행되고 있겠구요. 정리하는 마당인 12월은 뭔가 바쁘고, 들떠있고 인사철이라 뒤숭숭하기도 합니다. 하지만 오늘 최선을 다하면 모두 다 아름답지요. 그러면 하루하루가 복된 날입니다. 손석희 앵커의 엔딩 멘트가 생각나네요.

"우리는 내일도 최선을 다하겠습니다."

오늘은 그 누군가에게 아름다운 그대가 되길 바랍니다. 그리고 사랑하세요. 아낌없이.

He Was Beautiful | Cleo Laine · John Williams

우울하지만 흥겨운

눈이 그친 교정에 잔설이 녹고 있네요. 햇볕에 며칠 움츠렸던 어깨를 폅니다. 오늘 오랜만에 장롱 속의 양복을 꺼내 보았습니다. 유행은 지났지만 아직은 쓸만한 옷과 넥타이, 낡아가는 몸에 걸치면서 지난날을 생각합니다. 미숙했지만 열정에 차 있던 젊은 날, 세상을 다 가질 것처럼 덤볐던 치기 어린 행동들마저 모두 오늘은 사랑스럽네요. 오늘 오래 묵혔던 꿈에 광약을 발라 반짝거리게 하고 무모하다 할 수 있는 도전의 길을 나섭니다. 혹시 늙은 말 로시난테를 타고 가는 돈키호테 모습은 아닐는지 며칠간 흩어진 갑옷을 꿰매며 고민했습니다. 아직 장맛은 변하지 않았겠지요. 그래 오래된 장맛 한번 볼래요? 오늘은 낡은 갑옷을 두르고 무딘 창을 꺼내 교장 자격증 없이도 교장 될 수 있는 내부형 교장 공모 전형에 면접 가는 날입니다.

이번 주 하루하루도 고생하셨습니다. 우울한 가사지만 흥겨운 1970년대 노래를 보냅니다. 원래 닐 세데카가 불렀다는데 저는 보니엠 것만 듣고 자랐어요. 어깨를 들썩여도 좋습니다.

One Way Ticket · Eruption

따뜻한 코코아 한 잔과 함께

"감기 조심하세요. 판피린 F."

30여 년 전 흑백 텔레비전에 나왔던 광고입니다. 코코시럽도 있었구요. 요즘 독감에 감기가 대유행입니다. 우리 학교도 상당수 아이들이 독감으로, 감기로 결석하고 있구요. 학기말에다 축제 준비에다 이 빠진 교실이 뒤숭숭하게 만드는 세밑입니다. 중3 아이들은 아이들대로 원서 쓰면서 미래에 대한 불안함을 감추지 못하고 있네요. 잘될 거야, 잘될 거야 되뇌면서 주문을 외우게 합니다. 무한정 긍정 마인드와 지지가 필요한 때입니다. 그리고 '고등학교에서 살아남기' 위해선 무엇보다도 엉덩이 힘 기르고 단군신화의 곰처럼 마늘과 쑥 이런 것들로 기다릴 줄 아는 그런 태도를 키워주는 게 선행학습보다 낫겠지요.

이런 때는 조금 여유를 가지고 뜨거운 물에 코코아 저어 먹는 게 제격입니다. 오랜만에 마셔봅니다. 어릴 때 그토록 한 번 먹고 싶던 벽장 속 코코아 깡통. 코끝을 감싸 안는 향기와 목에 넘어가는 달콤 쌉싸라함을 오감을 통해 느껴봅니다. 다행히 날씨는 포근한 편입니다. 님들에게도 즐거운 성탄절을 기원합니다.

Jessica Simpson | When You Told Me You Loved Me With Lyrics

눈을 감으면 더 잘 보여요

12월엔 한숨만 푹푹 내쉽니다
올해도 작년처럼 추위가 매섭습니다
체력이 떨어졌습니다 몰라보게
주량이 줄어들었습니다 그런데도
잔고가 바닥났습니다

— 오은 「1년」 중에서

그렇습니다. 모든 게 쇠약해지는 겨울입니다. 그런데 긴 겨울잠을 위해 비축해둔 지방이 없네요. 해마다 반복되는 것이지만 12월은 늘 새롭게 후회하고 새롭게 시작하네요. 내일부터 추워진다고 하는데, 12월의 축제 성탄절 캐롤송도 끝나가는데, 음울한 중부 유럽 대륙의 겨울을 가장 잘 표현한 슈베르트의 '겨울나그네'를 던집니다. 슬픔과 우울함이 전체를 관통하지만 그 안에 꿈과 낭만이 깃들게 해 이를 상쇄시키는 마술사. 단순함의 극치인 피아노와 첼로와 바이올린의 멜로디와 리듬을 느껴보시게요. 눈을 감으면 더 잘 보여요. 독일가문비나무와 자작나무 숲 사이로 난 오솔길과 작은 시냇물. 그리고 변두리 농가 창고 건초더미의 마른 풀냄새도요.

Schubert, Trio op. 100 | Andante con moto

까짓것

미세먼지가 이레째 온 산하를 지배하고 있습니다. 숨쉬기가 어려울 정도로 복종을 바라고 있는 무림(霧林)의 제왕. 그 앞에 차도르처럼 안면을 가려야만 하는 백성들. 그럼에도 아이들은 점심시간을 노려 족구장에서 공을 차고 있네요. 낮은 포복으로 내내 엎드려 있다 꽃대 올리는 노란 민들레처럼요. 선생님들 겁먹지 말게요. '까짓것' 하게요. 북핵 문제도, 앞에 산적한 교육 문제도, 그리고 경제 문제도 다 '까짓것' 하게요. 언제 우리가 위기 아닌 적이 있었나요?

오는 3월 정읍고에서 익숙한 듯하지만 새로운 길을 걷습니다. 교사에서 교장으로 역할을 바꿨습니다. 새로운 도전에 상기된 마음은 '까짓것'을 중얼거리며 계단을 오릅니다. 언제나 그렇듯 정신없는 3월, 저도 이틀간 정신없었구요. 지금도 정신없지만 잠시 짬을 냅니다. 바쁜데 이 글이 민폐인 줄 알지만 우체부의 숙명으로 편지를 남깁니다.

바쁜 중에도 올 한 학기 음악과 함께 행복한 시간 만드시길. 민중의 벗 첨바왐바의 노래를 새학기 응원가로 선물합니다.

Chumbawamba | Bella Ciao(첨바왐바-벨라 차오, 안녕 내 사랑)

101번째 프러포즈

〈101번째 프러포즈〉, 가물거리지만 약 26년 전 상영된 영화. 만년 계장 문성근의 모습이 떠오릅니다. 후줄근하고 엉거주춤한 모습과 잔뜩 주눅 든 마음. 웃지만 웃을 수 없는 진정성은 동화 속에서나 있을까요. 아니 영화 속에서나 있을까요. 김희애와 첼로가 가진 파워는 무엇일까요.

신계급사회가 예전보다 사람들을 더 디테일하게 나누고 있는 현실에서 교사란 무엇일까 잠시 생각합니다. 20:80을 넘어 10:90으로 향하는 그런 현실에서 교사의 계급적 위치와 역할이 무엇인지 고민하게 만듭니다. 예전에는 아이들을 무조건 다그쳐 신분 상승을 위한 사다리에 오르도록 강제했는데, 그리고 그게 통하고 명분도 있었는데. 하지만 거기까지입니다. 이제는 그 프레임은 끝난 것 같고, 그렇다고 미래를 전망해 아이들과 함께하기에는 능력이 부족하고. 더구나 변화의 속도가 너무 빨라 따라가기에 버거운데 과연 무엇을 할 수 있을까 고민하게 만듭니다. 교과서 안에, 아니 문제지 안에 갇힌 교실에서 해답보다는 정답을 고르는 일에 몰두하는 아이들을 볼 때, 현실이라는 강퍅함을 알리바이로 내세워도 여전히 풀리지 않는 무거움이 있습니다. 더구나 인문계 고등학교는 햄릿형 고민을 늘 품고 살게 합니다. 백가쟁명처럼 나오는 교육담론은 있지만 마땅히 현실에 적용할 방법과 용기와 지혜가 부족합니다. 다만 당나귀를 팔러가는 부자처럼 이리저리 휩쓸리지는 않겠다는 마음만 가져봅니다.

영화지만 현재 나 자신이 후줄근해도 사법고시를 패스해 계급을 맞추려는 문성근과, 사시에 떨어져 공장으로 향하는 문성근과, 그를 찾아 나서는 김희애의 모습에서 사랑과 삶의 진정성을 봅니다. 여러분의 101번째 프러포즈가 성공하길 빕니다. 약속이라는 반지, 절대반지는 버리지 말고요.

오늘 날씨가 좀 춥다고 하는데 미세먼지는 없다고 하네요. 창문을 활짝 열고 큰 호흡하시길.

I've Never Been To Me by Charlene with lyrics

메마른 대지에 봄비 흠뻑 적시길

유난히 따뜻한 겨울을 난 복수 초가 어느덧 시들해지고, 갈라진 땅 틈으로 봄 잡초들이 얼굴을 내밀고 있습니다. 이때 잡지 않으면 호미손 괭이손 고생길이 훤한데도 나름 예쁩니다. 마치 강아지마냥. 심지어 가시넝쿨로 올라와 맨손으로는 도저히 뽑을 수 없는 잡초들도 어린 새순과 잎은  어린애가 기어다니듯 귀엽습니다. 약 일주일만 그 여린 것들 하는 짓 좀 보고 사정없이 캐낼 셈입니다.

학교를 옮긴 지 4주째, 이제 좀 적응되는 것 같습니다. 당연히 그간에 많은 분의 도움과 조언과 응원이 있었지요. 그러기에 저는 참 복이 많은 놈이란 생각이 듭니다. 여러 선생님의 이런 은혜를 갚는 일이 행복한 학교를 만드는 일이라 생각하고 듣고 또 듣고, 묻고 또 묻겠습니다. 여쭐 때 거절하지 마시기 바랍니다. 잔뜩 흐린 날 이제 빗방울이 뿌리기 시작하는군요. 메마른 대지에 봄비 흠뻑 적시길 기대합니다. 아울러 보내는 음악은 어릴 적 가정폭력의 상처를 이겨낸 가수의 자서전적 이야기입니다. 한 번 들어보는 것도 나쁘지 않겠지요?

Christina Aguilera - I'm Ok

정당해야 떳떳합니다

봄은 참 짧습니다. 그 짧은 봄마저 미세먼지에, 궂은날에 제대로 만끽하기 어렵습니다. 그러나 그 짧은 봄날에 많은 꽃이 제시간 맞춰 피어나고, 제시간 맞춰 많은 새가 풀잎과 가지를 물어다가 둥지를 틀고 알을 품네요. 자연의 섭리는 이렇듯 느슨하면서도 한 치의 어긋남이 없이 운행하고 있습니다. 그런데 그 짧은 봄, 그 빛나는 청춘을 돈벌레가 되어, 혹은 '관종'이 되어 자신을 망치고 타인에게 씻을 수 없는 상처를 주는 연예인 몇몇이 온 나라를 어지럽히고 있네요. 영혼과 양심을 팔아버린 젊은이들은 우리가 낳고 만들어낸 아이들임에 우울합니다. 아무리 자본주의 사회지만 말입니다. 다시 돌아가 생각합니다.

정정당당, 정당해야 떳떳합니다. 목적과 동기가 바르게 되어 있어야 합니다. 작은 편법과 불법이 유혹의 지름길입니다. 흔히 빠지게 되는 내로남불의 생각과 '예전부터 그래왔는데 뭐가 문제지', '왜 나만 갖고 그래?' 같은 관습적이고 안이한 생각이 언젠가는 자신의 발등을 찍는 도끼가 될 수 있을 것입니다. 수십 억도 아닌 겨우 돈 몇 푼에 흔들리는 사람들. 아니 나 자신들. 그러기에 당당한 모습 거울에 비춰봅니다. 오늘만 '꼰대' 노릇 용서하세요.

15억 뷰에 오른 드문 노래. 흥겹게 고개 끄덕이며, 어깨 들썩이며 '핫' 추임새를 넣으며 들어보세요.

Camila Cabello | Havana (Official Audio) ft. Young Thug

도약하는 봄

쌀쌀한 아침이지만 봄입니다. 수선화 일부는 이미 시들고 교정의 목련은 화려한 흰색 연미복을 벗고 있습니다. 다만 키 낮은 히아신스는 한창입니다. 진해 경주는 이미 벚꽃이 지고 있다고 하네요. 지난 주말에 우리 집을 방문한 지인이 정읍벚꽃축제에 왔다가 완전히 속았다고 투덜대는 이야기를 들었습니다. 봉오리만 맺힌 정읍 천변 벚꽃들. 정읍시에서 북상하는 예상 꽃지도로 3월 30, 31일 양일간 기획했지만, 실제로 개화가 그만 늦어졌는데도, 지방신문에서 몇 년 전 자료 사진을 1면에 올리는 바람에 제대로 낚인 거죠. 정읍시나 지방신문이나 그 무책임이라니 좀 그러네요.

그런데 선생님께만 귓속말로 알려드릴게요. 이번 주말이 정읍 천변 벚꽃이 절정일 것 같아요. 봄바람이 꽃봉오리들을 막 간지럽히고 있거든요. 아마 간지럼을 못 참고 금방 까르르까르르 웃음을 터뜨릴 것 같아요. 바쁜 한 주간이지만 창문 열고 환기하면서 큰 호흡으로 꽃의 향기를 맡아봐요.

차이콥스키의 도약하는 봄을 느껴보시게요. 귀에 익지요? 눈으로 함께 봐도 좋아요.

George Balanchine′s The Nutcracker | Waltz of the Flowers

아름다운 봄날, 활개 한 번 칩니다

비 갠 아침 산이 눈앞에 와 있는 사월 봄날입니다. 아직 비구름이 산 허리를 감싸고 머뭇거리고 있지만 곧 이부자리 걷고 떠날 거라 생각합니다. 어제 그제 양일간 점심시간을 이용해 정읍 천변을 걸었습니다. 풍성한 벚꽃과 조팝나무 꽃, 붉은 명자나무 꽃들, 꽃들 천지가 온통 향기로웠습니다.

기다리던 비였지만 어젯밤 비에 꽃 이파리가 많이 떨어지지 않았나 걱정했는데 아직도 많은 꽃이 이슬을 머금은 채 벌을 기다리고 있습니다. 붕붕거리는 한때, 한낮을 기다리고 있지요. 힘닿는 데까지 매달려 수분을 마쳐야만 꽃과 벌 그들의 일생도 아름답겠죠.

아름다운 봄날, 하늘 한 번 보고, 앞산 한 번 보고 활개 한번 칩니다. 힘든 3월 한 달 고생하셨습니다. 4월도 마찬가지이겠지만 잠시의 여유 가지시게요. 고맙습니다.

HJ Lim 임현정 Flight of the Bumble Bee 왕벌의 비행, 림스키코르사코프

인간에 대한 예의를 생각합니다

어제는 세월호 5주기였습니다. 기억의 갈피마다 부끄러움이 묻어나는 그 날이 오면 마음부터 오그라지는데 아, 아직도 권력에 눈이 먼 자들이 망언을 일삼네요. 인간에 대한 예의를 생각해봅니다. 시시비비를 떠나서 억울하게 죽은 자들을 능멸하여 얻는 게 무엇일지 참으로 참담합니다.

돈 때문에 일어난 세월호의 비극을 교훈으로 여기지 못하고 아직도 속도와 돈으로 치환되는 천민자본주의 추종자들을 어찌해야 할까요. 10억이라는 보상금을 두고 시체 장사라고 치부하는 저들 뒤에는 우리의 돈에 대한 욕망이 숨어 있습니다. 저들은 돈으로 우리를 분열시키려는 거지요. 돈으로 모든 것을 이해하고 해결하려는 사람들이죠.

다시금 인간을 생각합니다. 인간에 대한 예의를 생각합니다. 절벽에 서서 목숨을 걸고 투쟁하는 처절한 단식을 폭식으로 조롱하는 저들의 뒤편에는 돈에 대한 우리의 뒤틀린 영혼이 있습니다.

아이들이 추운 바닷물을 벗어나 천상의 맑고 고운 봄날을 누리라고 멘델스존을 띄웁니다. 아울러 밝고 편안한 주간 되길 빕니다.

Mendelssohn: Violin Concerto in E Minor, Op. 64, MWV O 14 - I. Allegro molto appassionato

몸과 마음 화창한 나날 되길

날씨가 좋은 오월 첫날 메이데이, 노동절입니다. 130여 년 전 "만국의 노동자여 단결하자. 8시간 노동시간을 쟁취하자"라는 운동에서 출발한 기념일입니다. 우리나라는 이상스레 근로자의 날이라 명명했는데 그마저도 현재의 5월 1일에 된 것은 그 역사가 얼마 되지 않습니다. 노동자와 근로자, 용어가 비슷한 것 같지만 상당히 큰 차이가 있습니다. 주체로서 노동자냐, 사용자 입장에서 본 근로자냐가 우선 가장 큰 차이겠지요. 아직도 자신이 노동자이면서 다른 노동자들의 권리에 둔감하거나 욕하는 친구들이 있습니다. 조만간 제자리로 돌아오겠지요.

그나저나 우리의 장시간 학습노동자 아이들은 잘 지내고 있나요? 우리 학교는 이번 주 내내 시험 기간이랍니다. 내년에는 학습노동자에게도 휴식할 권리를 위해 5월 1일 이전에 시험을 끝낼까 합니다. 신록만큼 오월 내내 몸과 마음이 화창한 나날 되시길 바랍니다.

나윤선 입에서 툭툭 터져 나오는 철쭉 꽃망울 어떠신지요?

Youn Sun Nah | Breakfast In Baghdad

송홧가루처럼 날아다닐 영혼을 생각하며

봐라./ 꽃이다!/ 봄날이

길 떠나기는 좋지.

가야겠다!/ 있거라.

— 이철수 판화 '좌탈' 중에서

참으로 좋은 날, 죽기엔 더없이 좋은 날, 살아있기엔 더없이 감사한 날. 오월의 오늘 같은 날은 많은 걸 생각하게 합니다. 어버이날이지만 꽃 달아드릴 부모님은 길 떠난 지 오래고, 그 옛날 초등학교 시절 생화 아닌 조화 카네이션을 달아드렸던 어머니의 저고리 앞섶만 기억나네요. 큰 나비 부로치도요.

아울러 10년 전 소설과 자신의 영혼을 바꿨던 한 사내도 생각나고, 스무 몇 해 전 마지막까지 참으로 외로웠을 형님의 영혼과 어제 또 참으로 외로웠을 후배의 쓰디쓴 웃음도 생각나고…… 하여튼 그런 날입니다. 그런 영혼들과 함께 송홧가루처럼 온 산하를 날아다닐 음악을 날립니다. 안녕하시지요? 노랑할미새처럼 작지만 뾰쪽한 부리로 콕콕 찍어 안부 전합니다.

이철수 판화

Deux ames au ciel - Jaques Offenbach

한 박자 늦춰 여유있게

오월, 붙잡아두고 싶은 밝고 맑은 날의 연속입니다. 다만 가물어서 먼지가 날리지요. 스승의 날이라고 여기저기서 교사에 대한 기분 좋고, 아니면 우울한 기사가 눈에 띄네요. 그러든 말든 우리는 우리지요. 교사의 자리에서 당당하게 아이들을 만나고, 아픈 것은 동료들과 만나 스스로 위로가 되는 날이지요. 되돌아 생각하면 한두 번 겪는 일도 아니고 앞으로 없을 일도 아니고 하여 어려움에 하소연할 이유도, 우울할 이유도 없지요.

오늘 작년에 담임했던 학생의 학부모로부터 장미 한 다발을 받았습니다. 고등학교 입학해 맨 처음 좋았던 친구 관계가 어긋나, 4월 내내 왕따처럼 친구 관계로 매우 힘들어해 자퇴나 전학을 생각했던 아이의 학부모인데요. 아이를 만나 이야기 들어주고 통화도 하면서 조금은 마음이 풀렸지요. 그리고 꿋꿋하게 이겨나가 보겠다고 전합니다. 전학도 안 가고, 좋은 선배 언니와 좋은 선생님 때문에 학교에 남아있겠다고 마음먹었다는데 그런 이쁜 아이들이 우리 곁에 있네요. 우리를 화나게 하고 힘들게 하는 녀석들 한 박자 늦춰 여유있게 대처하시게요. 그냥 웃으시게요. 笑而不答心自閑(소이부답심자한). 그냥 사랑하실 거죠? 내일도 사랑해주실 거죠?

Inger Marie | Will you still love me tomorrow

지금 여기가 당신의 아름다운 자리입니다

엊그제가 5·18민주혁명 39주년이었습니다. 아직도 타 지역을 왕따시켜 동조세력을 결집하고 생각이 다른 세력을 적대시해 분열로써 얄팍한 정치적 이익을 얻으려는 보수 기득권 세력과 일부 광신적 세력에 기대어 연명하는 정치인을 볼 때 통일의 꿈은커녕 현상 유지도 어려운 국가의 비전이 안타깝습니다. 〈눈이 부시게〉라는 드라마는 김혜자가 젊은 날에 기자인 남편이 박정희 독재 정권의 폭압과 고문에 옥사해 생과부가 되면서 홀로 장애 아들을 키우고 살아가는 이야기를 다루고 있습니다. 지금 힘든 삶이어도 돌이켜보면 지금이 가장 아름다운 때인 것 같아요. '지금, 여기'가 당신의 아름다운 자리일걸요. 어렵게 어두운 현실에서 하루하루를 살아가는 당신께 대신 김혜자의 연기대상 수상소감을 전합니다.

"내 삶은 때론 휑했고 행복했습니다. 삶이 한낱 꿈에 불과하지만 그래도 살아서 좋았습니다. 새벽에 쨍한 차가운 공기, 꽃이 피기 전 부는 달큰한 바람, 해 질 무렵 우러나오는 노을의 냄새, 어느 한 가지 눈부시지 않은 날이 없었습니다. 지금 삶이 힘든 당신, 이 세상에 태어난 이상 당신은 이 모든 걸 매일 누릴 자격이 있습니다. 후회만 가득한 과거와 불안하기만 한 미래 때문에 지금을 망치지 마세요. 오늘을 살아가세요. 눈이 부시게. 당신은 그럴 자격이 있습니다."

 슈만 시인의 사랑 | 아름다운 오월에

오월, 당신 스스로 빛이 되는 나날이 되길

오월 말, 비 온 뒤 하늘과 산하는 아름다움의 극치입니다. 모든 날이 이런 날이었으면 좋겠다는 생각입니다.

어제 5월 28일은 전교조 창립 30주년이었습니다. 벌써 30년 세월이 흘렀네요. 겨우 3년 차 교사였던 저는 경찰과 장학사의 눈을 피해 숨바꼭질하며 비상 비선(휴대전화 없었을 때였음)으로 연락을 취하면서 탄압을 따돌리고 연세대에 모였을 때의 두려움과 흥분을 지금도 기억합니다. 지금도 심장을 뛰게 합니다. 그 이후로도 관할 경찰서장과 정보과장 자리를 몇 번 해임시킨 12,000여 명 대규모 집회가 신출귀몰하게 이루어지게 되는 데는 선생님들의 순진한 새가슴과 아이들의 눈망울만 보고 결단을 내린 마음이 이루어낸 쾌거가 아닌가 생각합니다(당시 운동의 선봉에 섰던 전대협이 겨우 수십 명, 게릴라식으로 모였다 해산당한 데 비해). 그 이후로 전교조의 깃발은 수많은 탄압을 이겨내고 진보의 아이콘으로 자리잡아 이명박·박근혜 정권이 가장 없애고픈 조직으로 성장했는데 역설적으로 촛불로 정권을 잡은 현 정부는 되레 외면하는 모양새입니다. 참으로 안타깝네요.

현재 전교조가 국민과 교사 학부모, 학생의 눈높이에 오르냐마냐가 아니라 보수 꼴통 정권에서 굴하지 않고 버틴 그 자체, 그 존재 이유만으로 축하를 받아야 하지 않을까 합니다.

저 개인적으로는 1989년 해직이 우리 집안을 지옥의 문을 열게 한 사건이었습니다. 우연하게도 1년 후 교통사고 등으로 동생과 형을 먼저 보낸 슬픔과 가족에 대한 마음의 부채가 있습니다. 저 때문에 안

좋은 일이 연달아 나타난 것 아닌가 하는 자책감입니다. 어차피 이리 된 것 이제 되돌아가 다시금 아이들 눈과 아이들 미래만 보고 몇 년 남은 나머지 교직 생활을 마칠까 합니다. 빛나는 오월, 당신 스스로 빛이 되는 나날이 되시길 바랍니다.

오펜바흐 | 오페라 [호프만의 이야기] 中 '뱃노래'

이땅에 평화와 사랑이

113. 지금은 잊힌 긴급번호이죠. 그 옛날 반공 방첩이 동네 벽마다 전봇대마다 농협창고마다 포스터에 고딕 표어로 장식되던 시절이 있었죠. '이상하면 살펴보고 수상하면 신고하자'가 가족들이라고 예외는 아니어서 '숨겨주는 인정보다 신고하는 애국자' 또는 '나라 위해 간첩 신고 상금 타자 20만 원' 등으로 도배되어 있었고 6월이면 뜨거운 뙤약볕 아래 운동장에서 2시간가량 웅변대회를 들어야 했죠. 무에 그리 중요한 일이라고 어린아이들에게 평화보다 적개심을 먼저 심어주었어야 했을까요. 슬프네요.

〈수사반장〉과 인기 쌍벽을 이룬 〈113 수사본부〉는 매주 간첩을 몇 명씩 잡아들였는데 오랜 기간 방영 속에서 잡힌 간첩들. 돌이켜 보면 그 많은 간첩은 다 어디서 생산되었는지 의문입니다. 가공의 간첩들을 생산한 그 작가들은 어디에 있을까요?

내일이 현충일입니다. 나라를 위해 민족을 위해 싸웠던 그분들의 안식을 바랍니다. 그분들의 피와 한이 오늘의 대한민국을 만들었다고 생각합니다. 그분들도 이제는 평화를 바란다고, 다시는 전쟁 같은 것이 이 땅에 일어나지 말기를 기도하고 있다고 생각합니다. 적개심으로 자신의 이득을 채우는 정치 모리배들을 이 땅에서 몰아내는 것이 현재 이땅에 사는 우리들의 일이라 생각합니다.

Die Zauberflöte(마술피리) 중 Bei Männern, welche Liebe fühlen

비도 사람 가려 내릴까요?

아직도 진행 중인 6·10항쟁. 그제가 6·10항쟁 32주년이었습니다. 독재 타도의 함성과 최루탄 연기와 백골단의 진압. 바로 어제인 듯 눈에 선합니다. 아니 스타일만 달라졌지 아직도 '빨갱이' 타령으로 먹고 사는 기생충들, 기득권자들을 위한 사이비 선지자들이 오히려 광장을 메우는 아이러니한 현실이 지속되고 있습니다. 철 지난 반공 표어 하나에 의지하는 세력들이 아직도 많다는데 한숨이 나옵니다.

얼마 전 봉준호 감독의 〈기생충〉을 보았습니다. 제 생각은 이 영화의 키워드가 '냄새'인 것 같아요. 아무리 꾸미고 분식해도 냄새는 어쩔 수 없나 보죠. 당신의 냄새는 무엇입니까? 무슨 냄새를 풍기며 살아가시는지요.

누군가는 영화를 보고 불편하고, 누군가는 블랙 코미디에 눈물 날 정도로 재미있고, 여러 스펙트럼이 있겠지요? 촛불 정신이 향할 곳은 어디일지 생각해봅니다. 모내기에 가장 좋은 비가 며칠 걸러 땅을 적셔주네요. 비도 사람 가려 내릴까요?

믿음의 벨트(The Belt of Faith)

옆도 뒤도 주변도 돌아보며

"When we're young the future was so bright......."
어렸을 때 우리의 미래는 아주 밝아 보였는데......

다음에 들으실 노래 가사입니다.

약간 흐린, 그래서 불볕더위는 피하는 오늘은 유월 하순. 하지를 눈앞에 두고 있습니다. 이런 날 하지감자 통감자를 껍질 벗겨 한입 베어물었으면 좋겠다 싶습니다. 그 감자 냄새가 온몸에 배어들 것 같은 적당한 더위, 그 더위를 냉커피 한잔으로 입가심하고 수업에 들어갔으면 참 좋겠다 하는 생각이 듭니다. 그런데 교실에 들어가 일찌감치 퍼져 있는 몇몇 아이들과 사물함 옆 쓰레기통에 뒹구는 몇 개의 음료수 캔들을 보면 다시 짜증이 올라오기도 하죠. 더구나 기말고사를 앞두고 교사나 학생이나 시험문제 출제에 민감해 있는데 잔소리하기도 그렇고……

어쨌든 우리 아이들은 미래를 꿈꾸고 있죠. 그 미래가 대부분 원하는 모습은 아니어도 일단은 밝게 보고 있죠. 어릴수록 더 밝은 세상이 기다리고 있다고 믿고 있죠. 그들 앞에서 우리는 밝은 미래를 이야기하며 아이들을 끊임없이 밀고 있죠. '지금 조금만 더 열심히 하면 미래는 더 나아질 거야' 약간은 사기치기도 하고요. 사기라면 좋은 사기인데 왠지 좀 떨떠름한 사기, 우린 무엇을 어떻게 해야 할까요. '세상은 원래 이런 거야'라고 귀띔해줄까요? 무한 긍정의 에너지? 사회비판과 변혁? 케세라세라? 이대로 무한경쟁?

　오늘도 우리는 옆을 보지 못하게 눈가리개하고 있는 경주마를 보고 있습니다. 자 ,그래도 오늘 더위를 잊을 정도로 신나게 달려봅시다. go go run run.

The Offspring | The Kids Aren't Alright

평화를 생각합니다

오랜만에 오는 단비, 장마가 시작되었답니다. 남북관계도 단비가 오게 되는지요. 고맙습니다. 어제가 6·25한국전쟁 69주년이었습니다. 어른들은 인공(인민공화국)이란 말에 익숙했고, 우리는 국민학교 때 배운 기억에 6·25동란으로 기억하죠. 어제 KBS 한국전쟁 다큐멘터리 2부작 중 1부를 보았습니다. 강대국의 이익과 명분 사이에서 미국과 소련 일개 대령 따위가 편의적으로, 일방적으로 정한 38선이 지금의 휴전선으로 귀착된 게, 한민족의 운명을 뒤바꾸어 놓은 게 원통하기 짝이 없습니다. 38선을 경계로 남북 정치 모리배 이승만과 김일성이 틈을 비집고 들어옵니다. 이들이 외세를 등에 업고 김구와 조만식을 제거하면서 분단의 길로 접어든 것이지요. 민족의 비극은 지금도 계속되고 있습니다. 한국인들은 여전히 이념전쟁의 희생자로 지금도 고통받고 있습니다. 그런데 아직도 평화의 길은 멀어 보입니다.

상호간 적대행위는 파멸만 부릅니다. 1차원적 복수 행위보다 탱크를 보습으로 바꾸는 용기가 필요한 때인 것 같습니다. 지금 학교는 시험 기간입니다. 총성 없는 전쟁이 펼쳐지는 공간, 경쟁이 최고 덕목인 사회에서 21세기 평화를 생각해봅니다. 앙리꼬마샤스의 '녹슨 총'.

Enrico Macias | Le Fusil Rouille

무더운 여름 시원한 소낙비 같은

비 오는 수요일입니다. 좀 차분해진 교정에 개망초와 낮달맞이 몇 송이 점점이 피어있을 뿐 한낮 내내 붕붕거리던 벌들도 잠시 집에서 쉬고 있겠죠. 꿀잠을 자고 있겠죠. 이럴 때 표현이 '꿀을 빤다'고 해야 하나 말아야 하나?

이래저래 뉴스만 보면 짜증나고 스트레스받아 안 보려 하는데도 중독이라 어쩔 수 없이 보게 됩니다. 아마 3~4년 전 사드 사태 때 지인들과 만나는 자리에서 이런 이야기를 하고 다녔던 기억이 납니다.

"앞으로 문재인이든 그 누구든 정권 잡는다면 그 정권은 불행하다. 이명박과 박근혜가 싸놓은 똥 치우고 처리하는 데만 임기가 다 갈 것

이다."

ㅠㅠ. 왜 이런 예측은 틀리지 않을까요. 신화 속 카산드라의 우울을 알 것도 같네요. 멀리 갈 것도 없이 이명박 대통령이 똥 싼 자사고 문제로 온 나라가 시끄럽고요, 4대강 녹조라떼가 그렇구요. 박근혜정권이 저질러 놓은 개성공단 중단 사태며 미-중간 꽃놀이 패인 사드를 독박으로 쓰는 만용에 경제가 아직도 주름살 깊은데, 엎친 데 덮친다고 사법농단과 위안부 협상에서 불가역적으로 멍청한 일 저질러 우리의 히든카드를 상대에게 넘겨주고 말았네요. 지금 전전긍긍하는 한일 무역전쟁도 그러하고요. 그럼에도 반성은커녕 오히려 똥 치우는 사람에게 잘못한다 삿대질하는 적반하장인 자들도 그러하구요.

하여 오늘은 시원한 소낙비를 보냅니다. 다음 주면 여름방학입니다. 인문계고야 그 기간이 짧지만요. 더운 여름 무탈하기를 기원합니다. 모든 것이 힘들지만 잘되겠죠. 선배로부터 소개받은 노래입니다.

Simply Three | Rain (Original Song)

우리는 저력있는 민족입니다

입추도 지나고 말복도 지났지만, 여전히 더운 날씨입니다. 일정 바쁜 고등학교들이 짧은 방학을 뒤로 하고 먼저 개학을 하고 나면 대부분 학교가 다음 주쯤에 개학하겠지요.

아직도 열대야 때문에 밤에 문을 열어놓고 자는데 밤새도록 풀벌레들이 울어대는군요. 아마 대여섯 종은 되는 것 같습니다. 사랑하기 위해서 필사적으로 우는 것이겠지요. 동틀 무렵이면 참새를 필두로 온갖 새들이 떠들고 있습니다. 생존을 위해서 경쟁하면서도 동무들 불러 한바탕 잔칫상에 들락거리는 것이겠죠. 덕분에 잠을 설치고 몸을 이리저리 뒤척였습니다.

요즘 별로 좋지 않은 이웃 일본 때문에 그렇지 않아도 더운 여름 짜증이 목까지 치밀어 오릅니다. 더 짜증나는 것은 그 알량한 기득권을 위해서 헛소리를 해대는 '관종'들 때문입니다. 하지만 우리는 저력있는 민족입니다.

내일이 광복절입니다. 새로운 한 학기 점프하시게요.

여름이 뜨거워서/ 매미가 우는 것이 아니라/ 매미가 울어서/ 여름은 뜨거운 것이다// 매미는 아는 것이다/ 사랑이란 이렇게/ 한사코 너의 옆에 붙어서/ 뜨겁게 우는 것임을// 울지 않으면 보이지 않기 때문에/ 매미는 우는 것이다

— 안도현 「사랑」

Van Halen - Jump

가장 좋은 것은 물과 같습니다

흐린 날은 목로주점 축축한 30촉짜리 불빛 아래서 어묵국에 소주 한 병 놓고 넋두리 겸 하소연 겸 세상 욕도 좀 하면서 취기가 올라와야 제맛. 오늘은 흐린 날입니다.

비가 온다고 하네요. 잘도 잃어버리는 우산, 차에 있겠거니 했는데 트렁크 여기저기 찾아봐도 없네요. 우산이란 것은 어차피 내 것이 아닌 것. 우리는 혹시 우산 같은 것에 목매 사는 것은 아닌지 생각해봅니다. 필요할 때 쓰는 것이지만 우리는 그게 전부인 양하고 사는 것 아닌지요.

예전에 선지식들은 강을 건너고 나서는 타고 온 배를 생각지 않는다고 하는데. 우리가 가진 온갖 소유물들과 사상들은 제대로 사용하고 또 제대로 버리고 있는지요. 지켜야 할 게 무엇이고, 또 싸워야 할 게 무엇인지요. 방향만 잘 지니면 더디 가도, 잠깐 한눈팔아도 원래대로 가리라 생각됩니다만. '上善若水(상선약수)'를 생각해봅니다. 올라갔던 수증기가 비가 되어 내린다고 합니다.

깜찍하게 분한 낸시 웹의 바이올린 연주입니다. 집시풍 옷차림입니다.

Csardas | Vittorio Monti(Violin & Piano)

인생은 속도가 아니라 방향

새벽이면 지난 여름 걷어차고 잤던 얇은 홑이불을 배꼽까지 덮다 이제는 어깨까지 덮고 잡니다. 뒤척이는 잠결 속에 온갖 풀벌레들이 날개를 비비고 혹은 배꼽까지 들썩이며 울고. 하여튼 여름 끝자락입니다. 처서 지나 동네 밭두렁에서는 들깻잎이 특유의 짙은 냄새를 풍기고, 어느새 참깨는 베어져 길모퉁이 곳곳에 서로 어깨 기대고 서 있습니다.

올 가을은 잦은 비로 농사일하는 할머니들이 고추며 참깨며 고구마 순을 널어놓았다가 비가 오면 부리나케 멍석을 말고 비닐을 덮어씌웁니다. 일부 수확한 밭에서는 경운기가 고랑을 내고 김장 채소를 심겠지요.

8월 마지막 주입니다. 지난 여름은 위대했습니다. 그리고 지난 여름은 어수선했습니다. 어수선한 가운데 우리는 방향을 잃지 않았습니다. 인생은 속도가 아니라 방향이라고 누군가 이야기했던 것 같은데, 그 이야기는 우리나라에, 우리 아이들에게 들려주어야 할 보감일 것 같습니다. 고생하셨습니다. 교육계에 계시는 모든 분과 이번 중간 인사에 자리를 떠나시거나 옮기시는 분들께 건강과 행운이 함께하기를 기원합니다. 10여 년 전 엄정화 주연 영화 기억나나요? 〈호로비츠를 위하여〉에 나오는 그 호로비츠를, 나이 들었지만 완숙한 그를 만나보시게요.

SCHUBERT | Impromptu n°3 (Horowitz)

사는 날까지 후회없이 빛나기를

하루 늦었습니다. 바쁘다는 핑계가 있지만 게으른 탓이죠.

가을장마에 태풍 소식, 그리고 추석을 앞둔 세상은 어수선합니다. 조국에 대한 논란과 한일관계, 미-중간 무역 갈등과 트럼프의 럭비공 식 행동 또한 조국(나라)을 걱정하는 민초들에게 더없이 버겁게 느껴지 는 나날입니다. 누가 그랬나요? 그래도 지구는 돈다. 어김없이 새로운 태양은 뜨고 새로운 생명은 태어나고 있네요.

교육 운동에 몸 바쳤던 한 여선생님이 오랜 투병 중입니다. 그녀가 마지막 남은 기름을 소진하고 있습니다. 그분의 평안을 기원합니다. 누가 대신할 수 없는 외로운 싸움을 그녀도 우리도 피해갈 수 없다는 사실에 숙연해집니다. 사는 날까지 후회 없이 빛나게 하루하루를 지내 는 것이 도리겠지요.

Eva Cassidy | Fields of Gold

완연한 가을, 휘파람을 부세요

완연한 가을입니다. 아직 가을 색은 산하에 가득 차지 않았지만요. 지난주 내내 탕웨이의 '꿈속의 사랑'을 읊조렸습니다. 아내가 가을 타는가 보다고 깐죽거리는군요. 그러건 말건 흥얼거리며 유튜브를 들려주었더니 단순하다고 그러더군요. 중국인인데 이 정도면 대단하지 않냐고 그냥 중얼중얼. 아침 등교 지도시 아이들과 하이파이브를 하는 중에 하늘을 보았습니다. 교문 그림자에 서 있을 때는 약간 추웠는데 양지쪽으로 살짝 나왔더니 등이 참으로 따뜻했습니다.

인간의 마음이란 게 참으로 간사하다 싶었습니다. 엊그제만 해도 후텁지근한 가을장마에 짜증이 눈 가득 차 있었는데 온데간데없이 사라졌네요. 이제는 슬슬 기름보일러에 등유를 채우고 이란 사우디발 석유대란에 촉각을 세우겠지요. 이럴 땐 차라리 변온동물이 되고 싶단 생각이 듭니다.

오랜만에 돌아와 거울 앞에 선 '내 누님 같은 꽃이여'가 생각나는 정미조의 '귀로'를 선물합니다. 1970년대 한창 최고의 전성기를 누리고 있을 때 프랑스로 화가 수업을 떠난 여인. 37년 만의 귀로인데 음색이 아직도 좋습니다. '개여울'도 좋고 '불꽃'도 좋고 또 하나 '휘파람을 부세요'를 눈감고 들어도 좋은 가을날입니다. 그 옛날 기린 같은 눈썹과 목, 긴 가사도 음미하시길.

 정미조 | 귀로

자신의 이익보다는 국가와 민족, 공동체를

지난 주말 태풍이 지나간 자리에 하늘은 쪽빛이었습니다. 우리 마음도 쪽빛이었으면 합니다. 정리하면 외우내환. 그런데 더 큰 쓰나미를 보지 못하고 두 달 가까이 '조국'에 갇힌 대한민국이 참으로 답답합니다. 이전투구 정치권 이야기에 눈과 귀가 오염되고 있지만 그래도 정치를 등져서는 안 되겠기에 발언도 하고 버티기도 하고 안타까워하기도 합니다. 이런저런 여론을 살피면서 받은 것 하나 없어도 대의를 위해 몸을 던지는 호남의 위대한 힘과 각성을 다시 한번 느낍니다. 더없이 정치적이면서도 현실적이며, 자신의 이익보다는 국가와 민족과 공동체의 민주주의를 생각하는 이상주의자 전라디언을 응원합니다. 전라도가 선택하는 길은 대부분 옳은 길이라 생각합니다. 오늘 따라 전라디언이 자랑스럽습니다.

울분에 가득 찬 분들께 차분한 노래 하나 선물합니다.

마중 | 허림 시, 윤학준 작곡, 바리톤 송기창 노래

태풍이 지나간 후 맑고 청량한 하늘처럼

태풍이 온다 하네요. '미탁'이라고 하던가, 우리나라를 덮친다고 하네요. 수확기를 앞둔 사과며 배며 온갖 곡식들을 1년 내내 가꾼 농부들의 걱정이 눈에 보이는 듯합니다. 그러건 말건 '조국' 바람은 멈출줄 모르고 계속 이어지겠죠. 온갖 담론과 분열과 뭉침 등으로 어수선한 때 아이들은 아이들대로 일생을 걸고 수능 준비를 하고 있습니다.

각자도생이 일상화한 오늘도 수능 최저 점수가 필요 없는 아이들은 공부에 손을 놓은 채 새로운 세계를 꿈꾸거나, 쉬거나, 멍때리거나아니면 알바 생각에 오락가락하겠죠. 학교가 해줄 수 없는 그 무언가에 무기력함이 전제된 것이 일반고 3학년 풍경이라면 그 '무언가'를찾고 실천하기 위해 고민하고 떨쳐 일어나야 하는 것도 우리의 의무겠죠.

고민, 거대한 교육담론의 태풍이 우물에 빠진 돼지 같은 우리를 휩쓸고 가기를 기대해보기도 합니다. 그 뒤 맑고 청량한 하늘처럼 투명해지기를 바랍니다. 첼로 '무언가'를 보냅니다.

Song without words Mendelssohn Miklós Perényi Zoltán Kocsis

우중충한 날엔 모차르트

흐린 가을 나절입니다. 재킷을 입었는데도 어깨가 굽는 약간 쌀쌀한 날씨입니다. 석류잎은 노랗게 물들어 생애 마지막을 흔들어줄 바람을 기다리고 있지요. 축축한 가을비는 온몸으로 받아내어 함께 떨어져야 하기에 아마도 하늘거리는 가을바람을 기다리고 있을 겁니다. 이런 우중충한 날엔 모차르트 음악이 최고죠. 가벼운 터치와 리드미컬한 화음에 몸을 맡겨보세요. 귀에 익은 음악들입니다.

서양의 한 철학자가 "신 앞에서 바흐의 음악이 연주되고 있는지 아닌지 나는 모른다. 그러나 나는 알고 있다. 천사들이 모이면 언제나 모차르트 음악을 즐길 거라는 것을"이라고 말했다 합니다. 모차르트 음악은 대체로 밝아요. 악동 같은 인상도 풍기구요. 여기 피아노 연주자 프리드리히 굴다도 모차르트와 비슷한 이미지이죠. 레옹 모자를 쓰고 지휘도 하며 피아노를 연주하는 자유로운 영혼, 천상의 그에게 리액션과 리스펙을 얹혀 올립니다.

다행히 나체로 연주하지는 않네요. 블랙 컬러로 온몸을 감싸고 가벼운 노란 모자를 얹은 굴다.

Mozart concerto 20 in d, K.466 | 2. Romance Gulda

마지막 가을볕을 온전히 누리길

참으로 맑고 고운 날, 어제의 미세먼지는 없어졌구요. 쌀쌀한 날, 어깨와 등에 내려앉는 햇볕에 마음 그득 겨울잠 준비 들어가는 곰마냥 온기를 쌓아두고 있습니다. 미련 곰탱이, 그런데 어쩝니까? 미련 곰탱이가 세상을 바꿉니다. 성질 급한 호랑이보다 우직한 곰탱이가 사람이 됩니다. 그리고 그 곰탱이가 세상을 바꿉니다.

작금의 '조국' 정국을 거치면서 얻은 것 하나는 우직함으로 세상을 밀고 나가야 한다는 것인데 글쎄 엉덩이 가볍고 성질 급한 저에게는 남은 인생에서 얼마나 지켜질지 의문입니다. 하여튼 곰은 미련하지 않고요. 지혜롭습니다. 제 성이 문가인데 문을 거꾸로 놓으면 곰이지요. 늦은 오후에야 수요 음악편지 올리는 것은 이리저리 마음만 바쁜 하루였기 때문입니다. 정읍 특유의 치열한 신입생 모집 문제, 수능 앞둔 인문계고의 긴장된 정적과 반면에 최저 등급 없이 수시로만 가는 학생들의 나태한 공기가 한데 어우러져 시월을 마감하고 있습니다.

시월은 주역으로 보면 마음만 바쁜 괘사입니다. 아마 십일월도 마찬가지겠지요. 뭇사람들의 기도와 상관없이 어쩔 수 없이 서열이 나누어질 학생들이지만 실수 않고 자기 실력껏 시험 치르기를 바라는 마음입니다. 교장으로서 SKY대학 가냐 못 가냐가 스트레스로 작용하지만, 아이들도 저도 곰탱이처럼 견딜랍니다. 마지막 남은 시월 마지막 날과 가을볕을 누릴 수 있을 때까지 누리시는 늦가을이길 빕니다.

말러 교향곡 2번 '부활' 마지막 합창 피날레 한글 자막

오늘 하루 고마워요

늦가을, 마지막 온기를 모아 지탱하는 따뜻한 하루입니다. 이제 곧 찬바람이 옷깃 사이로, 가슴 사이로 사정없이 파고들겠죠. 겨우 두 장 남은 달력에 마음 시리겠죠. 이럴 때는 그리운 이름 불러 봐요. 그 옛날 공중전화통 붙잡고 동전 바꿔가면서 마지막 동전이 떨어질 때까지 사랑하던 이에게 미주알고주알 전했던 밀어는 무엇이었을까요. 뒤를 힐끗거리며 대기하는 사람 없으면 몇 시간이고 언 발 동당거리며 나누었던 일상은 무엇인지요.

추억은 겨우 노래로만 남고 만 지금 그동안 적적했던 사람들에게도 전화 한 통 해봐요. 뜬금없는 전화지만 아마 받는 사람은 그 전화가 베란다를 따뜻하게 비추는 햇볕 같을 거예요.

오늘 하루 고마워요. 그리고 고마웠어요. 다음 주는 수능으로 편지 배달 없습니다. 환절기 내내 우울하지 않기를.

김동률 | 기억의 습작

삶이 그대를 속일지라도

　지난주 전 국민 상대 수목드라마 수능을 초조하게 지켜보았습니다. 이어 면접 준비에 바쁜 아이들과 모든 걸 내던진 아이들의 상반된 모습을 보면서 다시 새 드라마의 스탭이 되어 부지런히 세트장을 준비하고 있습니다. 다시 신입생 모집에 들어갑니다. 결과로 말하는 인문계고의 숙명은 거론하지 않더라도 중학교보다 고등학교가 많다고 알려진 정읍의 인문계고등학교에서 신입생 모집 경쟁은 어깨를 무겁게 합니다. 경쟁이 시작되었습니다. 탈출구 없는 무한경쟁의 드라마에서 주인공 아닌 조연들과 엑스트라는 얼마나 많이 쓰러졌는지 모르고 "정시가 옳다, 아니다 수시가 옳다" 상위 20%들만의 싸움에 나머지 80% 존재는 무엇인지 묻고 싶습니다.

　그나마 학생부 종합전형이 다양한 활동을 고교교육과정에 녹여냈는데, 다시 뒤집어야 하는 현실이 참으로 답답합니다. 공정성이 화두인 조국 사태의 강을 건너야 했기에 취한 조처인 것 같은데 미래를 위한 교육과정은 어떻게 하고, 고교학점제, 학교자치와 학교혁신은 어떻게 하라는 건지. 더구나 정시 확대는 전북이나 정읍과 같은 농어촌지역에 불리한데도 전북 도민들 사이에서도 정시로 해야 한다는 여론이 더 높은 걸 보니 답답합니다. 에이고, 추운 날 한숨 타령만 했네요. 견디시게요. 그래도 지구는 돌고 역사의 수레바퀴는 굴러갈 거예요.

 삶이 그대를 속일지라도 | 푸쉬킨 시, 김효근 작곡, 송기창 바리톤

정의를 배반하는 신을 버릴 때입니다

우리가 장기판의 졸이냐?

'지소미아' 종료로 우리는 그야말로 미아가 된 셈입니다. 마지막 자존심마저도 형편없이 구겨진 날들입니다. 다시 한번 미국의 대 중-러 전선의 끝에 위태롭게 선 우리의 조국을 생각하게 합니다. 일개 미국 대통령에 의해 운명이 좌우될 만큼 허약한 나라. 친일 친미 정치 모리배들은 협상장에 나가는 계백의 등에 칼을 꽂고 있구요, 정신 나간 친구들은 철야 통성기도를 이어나가고 있습니다. 신이 그들의 기도를 들어주는 순간 신은 정의를 배반하는 것이 될 것입니다. 그때는 우리가 신을 버릴 때입니다.

지난 정권 때 맺은 굴욕적 협정이 우리의 발목을 잡고 있습니다. 사드며, 위안부며, 지소미아. 그리고 빚내서 집 사라고 펌프질을 해 경기를 부양했던 후과를 5년 사이에 2~3배 오른 집값으로 젊은 청년들에게 절망을 선물하고 있습니다.

흐린 날 두터운 구름은 오히려 포근한 이불처럼 추위를 막아주네요. 큰 폭으로 오르내리는 온도차에 건강 유의 바랍니다. 반전 음악 보냅니다. 좀 길어요.

Black Sabbath ~ War Pigs

눈을 기다리는 날

해마다 이때쯤이면 수능 발표다, 합격자 발표다, 학년 마무리다 어수선해지는 때입니다. 몰려다니는 수험생들은 마치 바람 같지요. 일부는 표정 관리도 하지만, 구석진 곳에 쌓인 낙엽이나 종이 나부랭이 같이 쓸쓸해하기도 하구요. 그 무엇으로도 달랠 길 없는 인생의 무거움이 처음 그들의 어깨에 걸리기도 할 것입니다. 또 일부는 못 먹는 술을 먹고 만용을 부리기도 하겠죠. 어떤 아이는 애써 태연한 척하지만 그 어두운 그림자를 거두지 못하고 있습니다.

단 하루의 시험으로 그동안 고생한 보람이 없이 힘들게 체념하는 아이들 눈동자를 쳐다볼 용기가 없어 슬그머니 3학년 복도를 빠져나왔습니다. 이런 날 눈이나 펑펑 쏟아졌으면 합니다. '아무말 대잔치'나 아우성을 쳐보았으면 하는 그런 날, 내 마음도 그곳에 있거든요. 시간만이 해결하는 그런 날.

따뜻하지만 눈을 기다리는 날, 그렇지 않아도 내일부터는 추워진다네요. 건강 유의하세요. 쌍화차나 대추차 한 잔 저어 한 모금 마시면 좋을 듯합니다.

김효근·양준모 | 눈

103

외롭고 높고 쓸쓸한

올 한해도 고생하셨습니다.

12월이면 백석의 시가 생각나지요. 외롭고 높고 쓸쓸한. 그리고 바람벽, 그리고 나타샤와 당나귀 방울 소리가. 그런데 낭만적인 그것보다는 쿨하게 자신을 응시하는 오은의 시, 해마다 이맘때가 되면 오은 시인의 '1년'이 떠오릅니다. 올해는 더욱 그렇습니다. "12월엔 한숨만 푹푹 내쉽니다."

해놓은 것은 없고, 마음은 비우지 못해 어정쩡하게 서 있으면서 흰 머리만 늘고 주름만 깊어지는 을해년입니다. 바쁘게 길 나섰으나 손에 쥔 것 없이 헐거운 봇짐을 진 장사꾼이 그러할까요. 해진 짚신에 가난한 발가락이 삐져나와 석양녘 갈 길 바쁜 나그네가 그럴까요.

미세먼지가 자욱한 12월의 오후 내 마음도 그러합니다. 흐린 하늘에 성긴 빗방울 바라보며 두 뺨에 잠시 맞아도 좋을 것 같습니다. 이런 날 고량주 한잔 걸쳐야겠죠. 잠시 흔들리는 것도 좋겠죠. 그게 인간이니까. 트럼펫과 기타와 재즈 드럼선율이 어두운 주황빛 등 아래에서 흔들리네요.

Chris Botti | A Thousand Kisses Deep

초록은 한층 짙어졌건만

세상은 어지러운데 맑고 청량한 봄 하늘입니다. 산수유는 만발했고 목련은 웃음을 못 참는 여자아이처럼 오므린 입을 곧 까르르 벌릴 듯 합니다. 개불알꽃, 양지꽃 등이 지천으로 깔려 있으면서 저마다 지나가는 바람을 힐끔거립니다. 뒷동네 입암 넘어가는 코끼리산을 바라보자니 초록이 한층 짙어졌습니다.

눈뜨기 무섭게 뉴스를 먼저 보고 자기 전 뉴스 검색하는 삶. 관둬야 할 텐데, 그래야 마음이 편할 텐데, 관성이 이끄는 삶. 끊어내기가 만만 치 않네요. 이런 마음은 전란에 휩싸였던 시절 두보의 마음과 비슷할까요. 〈춘망〉, 〈춘래불사춘〉 등. 스스로 유폐된 삶 속에 나름대로 음악에 취하는 것도 한 방편이겠지요.

春望(춘망)

— 두보

國破山河在(국파산하재) 나라는 망했으나 산하는 여전하고

城椿草木深(성춘초목심) 도성에 봄이 오니 초목이 우거졌네

感時花濺淚(감시화천루) 시세를 슬퍼하여 꽃에 눈물을 뿌리고

恨別鳥驚心(한별조경심) 이별 한스러워 새소리에 마음마저 놀란다

烽火連三月(봉화연삼월) 전란은 석 달이나 계속되니

家書抵萬金(가서저만금) 집안 소식 만금에 값하는 것을

白頭搔更短(백두소갱단) 흰머리 긁을수록 더욱 짧아져

渾欲不勝簪(혼욕불승잠) 이제는 비녀도 꽂지 못하겠네

머리카락이 몇 올 없어 비녀를 이기지 못하고 터벅터벅 걷는 늙은 두보가 제 가슴 속으로 들어오는 날입니다.

capri-fischer Montanara Chor

고난이 교훈이 되어

만개한 목련꽃을 보며 짧은 봄날을 생각합니다. 하지만 이내 다른 생각. 이제 곧 벚꽃 무리가 한반도 지도를 점령하며 북진하겠죠. 그리하여 남북통일을 이루어내겠죠.

꽃으로 통일! 이 얼마나 환한 상상입니까? 꿀벌과 나비와 온갖 새들과 함께 꽃 부대가 진군하는 가운데, 태양이 팡파르를 울리고, 바람이 전령이 되어 통일을 세계만방에 선포하고, 모든 잡귀와 그간 우리를 억눌렀던 원한과 증오와 편견 등을 뚫고 나온 저 푸른 함성을, 만세 소리를 상상해보시게요.

코로나 역병의 봉화가 꺼지지 않고 있습니다. 웃고 떠들고 시기하고 뒷담화 까는, 평범한 일상이 더 감사히 느껴지는, 사람과 사람이 더 그리워지는 날들입니다. 조금만 더 참으면, 이제 곧 창궐한 역병도 사라지고 사람의 거리거리 더 가까워지는 날이 오겠죠. 그동안 먹고 사느라고 정신없이 달려온 관성을 조금 되돌아보라는 신의 뜻일 것 같기도 합니다. 묵상 속에서 자신의 내면을 잠깐이라도 살펴보라고 한 것 같습니다. 예수가 40일간 기도한 광야가 바로 자기 자신이고, 석가가 악마의 시험을 받은 곳이 바로 자신의 욕망이라 생각합니다.

잠시 발길을 멈추고, 아래를 보고, 옆을 보고, 그리고 위를 보라고 하는 것 같습니다. 공허한 하늘에서만 신을 찾지 말고 이웃을, 벌레와 같은 온갖 삼라만상을 살펴보면서 신을 찾으라 하는 것 같습니다.

코로나 대응에 허둥대는 초강대국 미국과 유럽 국가들을 보면서 자본주의의 한계를 목격합니다. 모든 것을 영리로만 사고하고 판단하

는 자본주의 시스템에 대한 리셋을 요구하는 움직임이 머지않아 올 것이라 생각합니다. 코로나 사태는 세대 간 갈등과 전쟁에 대한 젊은이들의 분노와 절망에 눈감고 귀 닫은 기성세대가 다시 한번 생각할 여지를 주는 것 같습니다. 고난이 교훈이 되어 다시 한번 생각하게 하는 시절입니다.

내내 건강하십시오. 보고 싶어도 더 꾹꾹 참아보셔요. 그까이껏 대충 넘어가시게요. 바쁘시지만 2분 30초입니다. 어깨와 허리를 슬쩍슬쩍 남 눈치채지 않게 흔들어보세요.

 아마도 아마도 아마도 이렇게 하루가 지나가고
Quizas, quizas, quizas - Nat King Cole

코로나, 꺼져!

안녕하세요. 지난주에 이어 이번 주도 편지를 빼먹을 뻔했습니다. 조금 늦은 수요편지 보냅니다.

정읍 천변 벚꽃은 막 절정을 지나 꽃잎들을 여기저기 흩뿌려 놓는군요. 그 뒤로 새잎들이 총총 새 부리마냥 돋아 오르고 있구요. 그제 이어 어제도 달이 참 밝았습니다. 크고 붉은 핑크문이라 하더군요.

꽃잎들이 궐기하는 가운데 봄밤에 취흥이 돋았는지 하여튼 밝고 고왔습니다. 아마 오늘 저녁에도 흐리지 않는다면 달을 볼 수 있겠죠.

오늘 두 달 만에야 3학년이 온라인 개학을 했습니다. 혹시나 컴퓨터가 먹통은 되지 않았는지, 오랫동안 늦잠에 익숙한 아이들이 제대로 깨어 출석에 응하는지, 교과목 수강은 제대로 되는지, 환경 설정이 안 되어 버벅대지는 않는지, 어수선한 가운데 점검하고 전화하고 바쁘신 선생님들 모습에 고마움과 안쓰러움을 느낍니다. 하루빨리 아이들을 만나야 할 텐데 지금으로써는 기약할 수 없네요. 어쨌든 현재 여기에서 우리가 최선을 다하는 수밖에 없네요. 나머지 근심이야 그때그때 처리하고 극복하면 되겠지요.

미리 걱정하는 것은 어찌 보면 무용지물 같기도 하구요. 건강하게 한주 마무리하고 또 다음 한 주 맞이하시게요. 점심 맛있게 드세요.

코로나, 이 나쁜 놈시키. 빨리 꺼져!

 Billie Eilish - bad guy (Lyrics)

촛불의 힘으로, 연대의 힘으로

정말 맑고 고운 날, 더없이 좋은 날 잠시 벚꽃 비 내리는 시립미술관 벚나무를 보았습니다. 제 역할을 하고 분분히 떠나는 이파리들을 보면서 존경의 마음을 담아 환송합니다. 인간의 추잡한 욕심이 어디까지인지 모르지만 내일은 총선 날입니다. 최선보다는 차선을, 차선보다는 차악을 뽑아야 하는 호모 폴리티쿠스의 운명은 인간이 사회적 동물이기에 어쩔 수 없지요.

너무 큰 기대는 하지 마셔요. 실망이 클 수 있지만 그러나 돌이켜 보면 욕하고 찍어 왔어도 우리의 부단한 투쟁과 현명한 판단들이 코로나로 위협받는 세계에서 그래도 한 역할 하게 만드는 정부를 세웠네요. 질병관리본부와 정은경 본부장에게 화이팅을 보내면서 누군가 나서서 노벨평화상 추천을 청와대나 국회청원에 올려보시게요. 그리고 방역과 의료시스템에 관한 K-바이오 방역을 글로벌 스탠다드로 전 세계에 무료 보급해 코로나 종식을 앞당기게요. 우리 지역, 우리나라를 넘어 촛불의 힘으로 연대의 힘으로 세계와 함께하는 계기가 되었으면 합니다.

요즘 같은 때 서로 힘이 되는 노래를 보냅니다. 얼마 전에 작고한 아티스트입니다.

Bill Withers | Lean on Me

뭐가 문제야?

어제에 이어 바람이 심한 날입니다. 봄이야 바람 빼면 서운한 계절이 지만요. 이 바람이 코로나를 싹 쓸어갔으면 하는 날입니다. 변덕스럽 지만 계절은 변함없이 바뀌고, 세상은 어렵고 어지럽고 하지만, 또 그 렇게 흘러가고 있네요. 총선 결과의 환호도 잠시 코로나에 전전긍긍 하는 냉정한 현실이 눈앞에 펼쳐져 있습니다. 벼락치기도 안 되는, 전 대미문, 전인미답의 시험문제를 가지고 하나하나 지혜를 모아 해결해 나가야 하는 숙제를 안고 허둥지둥합니다. 에라 모르겠다 발 뻗고 자 고 싶기도 한 나날입니다. 이 또한 지나가리라, 또 어떻게 되겠지 하다 가도 다시 코로나 뉴스를 보게 되는 나날이 봉화가 연달아 석 달 넘 게 올라오는 두보의 시처럼 우울하게 펼쳐집니다.

그럼에도 코로나 극복에 선진국 매뉴얼로 헬조선이 어느새 돌아 오는 조선으로 바뀐 것은 스스로 날개를 가지고 있음을 잊고 산 우 리에게 새로운 깨달음과 뿌듯함을 주네요. 이번 기회에 새로운 위기 에 잘 대응해서 AC(after corona) 원년에 세계 속의 한국을 만드시게요. K-Edu의 새로운 지평을 여는 데 선생님들의 지혜가 필요합니다. 흥얼 거리기 좋은 지코의 노래 보냅니다.

왜들 그리 다운돼 있어?/ 뭐가 문제야. say something. (후략)

Zico (지코) - Any Song (아무노래) [SketchBook / ep.482]

연두의 푸른 물결이 일렁이는

날씨가 좀 따뜻해진 2주 전에 베란다에서 월동하던 부레옥잠 몇 뿌리를 정원 앞 작은 연못에 방생했습니다. 몇 개월 동안 그들도 작은 옴박지 안에서 참으로 답답했겠죠. 부레옥잠은 자기가 사는 거처 크기만큼 뿌리를 뻗쳐 번식합니다. 아이들도 활동하는 공간과 경험만큼 사고의 크기가 정해지겠죠. 코로나로 집에 갇힌 아이들도 참으로 답답할 것이라 생각합니다. 하루빨리 아이들의 얼굴을 마주하고 싶습니다.

연못 구석 점점이 뿌려진 부레옥잠 그 그늘에 물고기 몇 마리 자기들끼리 숨바꼭질하거나 잠시 따가운 햇볕 피해 숨을 고르고 있습니다. 아마 아직 조막손보다 작은 어린 수련 잎이 못 미더웠던 것이겠죠. 그리고 그 담 넘어 아스라이 펼쳐진 구성산과 그 앞 발치에 엎드린 동네 남산에 어느덧 산벚꽃이 사라지고 어느새 연두 천지입니다. 일 년 중 가장 아름다운 시절입니다. 검버섯이 드문드문 드리운 제 손등에도 연두의 물결이 일렁이는 것 같습니다. 이럴 땐 땡땡이치고 란도셀(일본 초등학교의 학생들이 주로 메는 책가방) 메고 원족(소풍)이나 다녀왔으면 합니다. 원 없이 쏘다니다가 초승달 어스름 무렵 어깨에 앉은 잔별들이나 털고 설렁탕 국밥이나 한 그릇 했으면 합니다. 그곳에는 다 못 본 연두가 파 송송 뿌연 국물 속에 떠 있을 테니까요. 오늘은 음력 7일 아직 반달이 조금 못된 초승달이 뜰 거예요. 꼭 한번 퇴근길에 보셔요.

4월이라 초파일. 내일은 석가모니가 삼세 인연 수없이 거쳐 지구에 오신 날입니다. 코로나 때문에 봉축행사 연기됐다는데 연등 대신 반달이나 뜰 앞에서 볼까 합니다. 저 가까운 남산에 있는 절에서 독경 소리 몇 조각 앞마당으로 날아오겠죠. 어릴 적 해소기 많은 할머니 따라 쌀 몇 되 들고 숨 가쁘게 올랐던 금선사의 초파일, 그곳에서 먹었던 떡과 누룽지가 그리워지는 날입니다.

오늘은 사설이 길었습니다. 정읍 출신의 박성우 시인의 「아직은 연두」를 첨부합니다. 우리 아이들이 생각나는 시. 박성우 시인은 참 대단해요. 도시락 까먹을 자리도 없는 그림자 노동자, 대학 청소노동자인 어머니의 눈물 젖은 꿈이 투영된, 그렇게 해서 어렵게 얻은 대학교수 자리도 박차고, 돈 안 되는 전업 시인으로 작품에만 전념하겠다는 초식동물, 그 순수한 영혼의 혀에서 나온 연두 생크림.

아직은 연두

난 연두가 좋아 초록이 아닌 연두
우물물에 설렁설렁 씻어 아삭 씹는
풋풋한 오이 냄새가 나는 것 같기도 하고
옷깃에 쏙쏙 닦아 아사삭 깨물어 먹는
시큼한 풋사과 냄새가 나는 것 같기도 한 연두

— 박성우 「아직은 연두」 중에서

Francisco Tarrega - Capricho arabe

노래로 만든 카네이션 한 송이

어제 1학기 마지막 공휴일을 보냈습니다. 이제 8월 중순까지 중간 쉼표는 없는 것 같네요. 안개가 조금 걷혔습니다. 조심스럽게 안개등을 켜고 운전했는데 이제 개학 날짜가 확정되었네요. 덕분에 조금 부산해졌습니다. 오프라인 개학이 갖는 의미가 가슴 벅차게 다가옵니다.

그동안 코로나로 정상적인 학교생활이 정지되면서 느낀 것은 학교만의 고유한 기능이 있다는 사실, 교사로서의 존재와 정체성을 다시금 생각해볼 수 있는 시간을 가졌다는 사실, 학교의 기능이 단순히 교육의 기능뿐만 아니라 돌봄, 경제활동 전반에 연결되어 있다는 사실 등등이 있습니다. 학부모와 학생들도 일부를 제외하고는 학교의 중요성을 깨닫는 계기가 되었을 거라 생각합니다. 연두에서 초록으로 넘어가는 날, 자 안개가 걷힌 만큼 시동을 걸고 부릉부릉 출발하시게요.

내일은 어버이날입니다. 2년 전 돌아가신 어머님 생각이 납니다. 평생 한량 같은 아버지와 까탈스러운 8남매를 둔 어머니, 평생 땅강아지처럼 호미 들고 땅만 바라보고 살다 마지막을 요양원에서 보내신 어머니, 생각납니다. 저녁 무렵이면 땅거미 지도록 운동장에서 노는 우리를 저녁밥 먹으라고 부르는 땀내 젖은 목소리, 저녁밥 짓던 낸내 묻은 목소리. 그립습니다.

어머니들을 위해 노래 한 곡 여러분과 함께 나누고자 합니다. 노래로 만든 카네이션 한 송이.

조수미 | 바람이 머무는 날(Kazabue)

마지막 봄날을 누리소서

맑고 고운 날입니다. 지난 비에 송홧가루도 사라지고 산빛은 한결 짙푸르러졌습니다. 이팝나무는 눈이 시리게 하얀 모습으로 산들거립니다. 오늘 같은 날엔 빨래를 널면 아주 하얘지고 바삭바삭할 것 같습니다. 약간은 더워 그늘을 찾게 되는 입하도 지났습니다. 입하 무렵이면 붓꽃이 먼저 입을 열지요.

너울거리는 부드러운 입술로 우아하게 바람을 유혹하고, 이에 더러는 꽃술에 푹 빠진 꿀벌들이 퇴근 시간을 잊기도 합니다. 참으로 아름다운 날, 입술 빨간 덩굴장미를 기다리는 날. 멀리서 휘파람새와 뻐꾸기가 파란 하늘에 이마를 박고 목청껏 존재를 울립니다. 아픔도 잊게 하는 나날, 지상으로 내려오면 코로나에 우울한 날이지만 마지막 봄날 눈으로 귀로, 코로 누리소서.

아까시 흰 향기가 흐드러지네요. 눈 호강하라고 잔뜩 늦봄의 향연을 진설하였으니 흠향하시라고. 학생 없는 교정에서 스승의 날을 앞두고 약간은 처진 어깨 추슬러 케이크라도 놓고 자축하시게요. 자축도 나름 재밌습니다. 앙증맞은 제비꽃을 바칩니다.

RENATA TEBALDI 'Le violette'

샤갈의 그림 같은 오월

신이 내린 날씨입니다. 맑고 선선하고 따뜻함이 공존하는 날씨. '새해 복 많이 받으세요'란 말이 무색하게 1월부터 시작된 코로나19로 3개월 가까이 미룬 개학을 오늘 3학년부터 진행했습니다.

교문 앞에서 아이들을 맞이한 게 2월 초쯤이었으니 벌써 3개월째 못 본 셈이지요. 아이들이 있어야 비로소 학교가 학교 같습니다. 마스크를 쓰고 등교하는 아이들을 보면서 안쓰럽기도 하고, 하루종일 마스크 쓰고 수업해야 하는 선생님들을 보면서 안타깝기도 하지만 아이들 얼굴이 반가웠습니다. 재수생에게 입시가 유리하다느니 등등의 소문에 3개월 동안 제대로 공부 못해 불안한 3학년 아이들에게 오늘 쫄지 말라고 했습니다. 쫄면 쫄면이 되어 먹힐 뿐이라고 했습니다. 자기 자신을 믿고, 학교 선생님들을 믿고 한번 화이팅하자고 했습니다. 고맙게도 아이들이 제 감칠맛 없는 아재 개그에 웃어주었습니다. 모처럼 저도 웃음이 번졌습니다. 감사한 일이지요.

한번 밖에 초대받지 않은 인생, 기왕이면 즐겁게 살아야죠. 얼굴 찡그리고 산다고 남이 알아주는 것도 아니고, 돈 푼 쥐여주는 것도 아닌데. 선생님! 밖의 하늘을 보세요. 본격적인 무더위가 시작되기 전 아름다운 5월, 계절의 여왕과 신나게 바람피우며 누리시게요. 오월의 신부와 함께 하늘을 나는, 샤갈의 그림 같은 오월 이십 일입니다.

Ana Vidovic plays Asturias by Isaac Albeniz
on a Jim Redgate classical guitar

하루하루 꽃처럼 잎처럼 활짝 피어나게요

 항상 이맘때면 새벽같이 출근한 참새들 쩍쩍이는 소리와 기와 밑 물받이 구리 동관에 참새 발가락 들락거리는 소리에 어쩔 수 없이 일어나서 약간 짜증 섞인 잠을 털어냅니다. 세수는 뒤로 미루고, 우선 모자란 반찬 좀 만들고 출근 준비를 하고, 이는 학교에 가서 닦아야지 하면서 자일리톨 껌 하나 입에 물고 집을 나섭니다.

 또 바쁜 하루가 시작되는 거지요. 매일 똑같은 일상이어도 출근길 도로변 산하는 매일매일 변하는 것 같습니다. 더 짙푸르게 변하는 산과 어느덧 모내기를 끝낸 논들이 드문드문했는데 지금은 절반이 넘는 논에서 키 작은 모들이 어린 소년병처럼 열병식을 하고 있네요.

오늘은 5월 27일, 긴장된 가운데 초중고가 다 등교한 날입니다. 물론 전 학년 개학은 아니지만요. 특히 초등학교와 유치원은 그렇게 고대하고 고대하는 신입생 입학식을 하게 되겠지요. 그동안 준비해두고 걸어두었던 신입생 환영 현수막은 이미 빛이 바랬거나 지난 몇 주 전 거친 바람에 너덜거리다 없어졌겠지요. 선생님들은 아침 일찍 30분 이상 먼저 출근하여 반가운 인사와 함께 아이들 발열 체크를 하고, 이어 첫 시간엔 교실에서 자못 심각한 얼굴로 아이들에게 방역에 관한 생활 지침을 읽어주고 숙지시키겠죠. 의심 증상이 보이는 아이들은 바로 귀가 조처와 함께 선별 진료 안내를 하고 선생님들은 오프라인과 온라인 두 개의 옵션을 동시에 바쁘게 준비해 올리겠죠.

급식하는 식당은 아무리 주의를 주어도 지도교사 눈치를 보며 밥 먹다 웃고 떠드는 아이들과 숨바꼭질 하다 보면 그냥 하루가 가는 일상이 그려집니다. 선생님, 고생이 많으십니다. 하지만 깃털처럼 가벼운 오월의 하늘을 보세요. 으쓱으쓱 어깻짓 몇 번이면 우화등선((羽化登仙, 사람이 날개가 돋아서 하늘로 올라가 신선이 된다)할지도 모르는 날씨입니다.

지나가는 곳곳 울타리엔 덩굴장미가 빨간 입술을 삐죽이고 있고, 흰 찔레꽃은 더러 진한 향기를 내뿜고 있네요. 학교 화단에는 송엽국과 노란 장미 흰장미 어우렁더우렁 주저앉아 튕겨 나오는 햇살과 공기놀이 하고 있네요. 소중한 일상, 어렵더라도 하루하루를 꽃처럼 잎처럼 활짝 피어나게요. 지천으로 웃음 흘리시게요. 어깨 펴시라고 좀 가벼운 음악을 보냅니다.

 Anne-Marie - 2002

단순 소박한 그림으로 그려질

　어제는 1학년까지 개학한 정신없는 하루였습니다. 3개월 만에 처음 접하는 신입생들의 옷차림은 동복 아닌 하복이었습니다. 사상 처음이지요. 상기된 얼굴을 마스크로 가리고 기대와 두려움이 교차하는 눈빛을 보았습니다. 꼭 보듬어 주어야 할 것 같네요. 입학식과 진급식을 함께 방송으로 진행했습니다. 방송실에서 카메라를 응시하는 제 모습과 강당이 아닌 교실에서 생경하게 그 모습을 보는 아이들과 선생님의 모습이 그려집니다. 아마 선생님들도 학생들도 영원히 기억에 남을 장면일 거예요.

　갈수록 더워집니다. 에어컨과 선풍기를 주부인처럼 가까이해야 할 것 같습니다. 여름방학이 거의 없어진 1학기 수업에 고생할 학생과 선생님들, 그리고 교장으로서 예상되는 전기료 폭탄, 방역의 어려움 등등 현실적인 문제들을 자꾸 뒤로 미루고 싶은 날입니다. 하지만 이런 생각은 사치겠죠. 30도를 넘나드는 더운 날씨에 기본 수업과 상담은 물론이고 아침 등교 발열 체크부터 급식실 방역 지도까지 하루종일 마스크를 쓰고 학생 지도를 하시는 선생님들의 노고에 비할 바가 아님을 잘 알고 있습니다. 투정이죠. 선생님들께 깊고 깊은 존경과 감사의 마음을 가지고 있습니다. 서로 말하고 싶고 스킨십하며 장난하고 싶은 아이들을 바라보며 통제 지도를 해야 하는 선생님들의 눈빛도 이와 다르지는 않겠지요.

　선생님 건강하세요. 이렇게 험한 날은 건강이 최고입니다. 조금은 기대를 내려놓고 세상과 아이와 학교를 좀 더 여유롭게 바라봐 주시면서 좀 기다려 보시게요. 이 나이 먹어서 이제야 철 좀 드는가 봅니다. 그동안 아이들과 수업하고 생활하면서 하는 일이 평가하고 피드백하는 일이라 매사 그렇게 살아왔던 것 같군요. 버릇이 어디 가겠습니까? 사람도 세상도 평가와 비판이 주를 이루다 보니 사람이 강팍해져 있네요. 아이들이든 사람들이든 있는 그대로 봐야 하는데 기대와 실망으로 교직된 제 과거의 베 몇 필을 되돌아보니 영 무언지 나 자신도 모를 추상화입니다. 추상화보다도 단순 소박한 그림이 선생님의 과거가 되길 바랍니다.

김태현 | 축복의 노래(작사: 문정희, 작곡: 김규환)

비를 기다리는

　평년보다 더운 날씨가 연일 이어지네요. 다행히 저녁 무렵이면 그래도 시원한 바람이 불어 동네 한 바퀴 돌 수 있네요. 개망초꽃들이 지천으로 들로 산으로 쏘다니다가 더러는 폐가가 된 빈집에 들고양이처럼 자리 잡고 주인 행세하고 있네요. 계란꽃이라고도 우리 어렸을 때 불렸던 꽃. 6·25 이후 미국에서 원조 물품인 밀가루 부대를 따라 들어왔다는 전설도 있죠. 초등학교 때, 그때는 국민학교라 했던 때, 3학년 때까지 김제 화신공장에서 만들어진 옥수수 밀가루 빵을 주번이 양동이 2개 가득 들고 와 배급주었던 기억이 나네요. 그중에서 가장 노릿노릿하게 맛있게 구워진 것은 선생님 책상과 급장 부급장 책상에, 그리고 주번과 힘센 아이 책상에 놓여 있던 것을 기억합니다. 나머지는 잘 안 익어 구워진 부분만 떼어먹다가 집에 가지고 가 배고플 때 먹었던 기억도 있구요.

　그런 날이 있었죠, 대한민국엔. 어쩌다 보니 '라떼~' 이야기로 흘렀습니다. 봄을 맞아 만화방창(萬化方暢)했던 이런저런 꽃들이 다 지고 산딸나무가 시원하게 희고 넓은 꽃을 피워냅니다. 작은 연못엔 수련이 개구리 낮잠과 함께 그윽이 피어있네요. 비를 기다리는 개구리 마음. 짝짓기 위해 오늘 밤 장맛비부터 부쩍 내 귀를 성가시게 하겠군요.

　더운 여름날 아이스 아메리카노와 에어컨을 벗하며 잠시 쉬는 시간을 식히는 선생님의 여유를 기원합니다.

Wookyung Kim - Granada(A.Lara)_Live_141231

쾌적함이 감기는 황홀한 날엔

오늘은 약간 습기를 머금은 바람이 부는군요. 어제 그제는 온몸에 쾌적함이 감기는 정말 가장 황홀한 날이었습니다.

"유월에 이런 날씨가 있었던가?"

그 정도로 좋아 아침저녁으로 동네 한 바퀴 돌고 점심때도 과히 덥지 않게 모자 쓰고 싸돌아다녔습니다. 물론 먼 산도 가까이 보였구요, 구름도 거의 없었구요. 바이칼 호수 정도는 아니지만 매우 파란 하늘이었습니다. 두어 번 흡족한 비에 만물이 싱싱합니다. 꽃과 풀들이 각각 제 시절을 알아 자리바꿈을 하네요. 개망초와 비단풀과 괭이밥, 왕골풀이 자리잡기 시작합니다.

여름방학 때면 스케치북에 밥풀 묻혀 식물채집하곤 했는데 가장 어려운 것이 쇠비름이었던 기억이 나네요. 물기가 많아 책갈피에 압착하면 책이 다 젖어버려서요. 곤충채집은 거미줄로 포충망 만들어서 겨우 파리 몇 종류와 나비, 잠자리 몇 마리 핀에 꽂아 아버지 와이셔츠 상자에 넣어 제출했던 기억이 나네요.

이제 장미도 시들어갑니다. 한 철 잘 버틸 수 있도록 신이 인간들에게 꽃들을 선물하는가 봅니다. 코로나가 전주 부근에 어슬렁거리기 시작하는가 봅니다. 뉴스 보니 전주여고 학생이 양성 판정받았다는데. 아무쪼록 몸조심하시고 어려운 방역 활동에도 건강한 나날 되길 바랍니다. 고맙습니다.

봄날에 물드는 것 (김신 곡 / 박지호 시) (2018)

웃어요

비가 갠 하늘, 산이 한결 가까이 내려와 말을 걸 것 같은 오후입니다. 그 어느 때보다도 더 뜨거웠던, 하지를 넘어온 구름이 봇짐을 고갯마루에 내려놓고 마을을 그윽이 바라보며 땀을 식히고 있는 듯합니다. 동네 마실길 담에 기댄 능소화가 두어 송이 꽃을 버는 걸 보니 여름이 한결 다가온 것 같습니다. 벌써 하반기 첫날인 7월 1일이네요.

코로나로 어수선한 지가 벌써 6개월째로 접어드는데, 코로나는 군데군데 모락모락 꺼지지 않는 잔불처럼 남아 우리를 괴롭히는군요. 하루빨리 없어져야 할 텐데, 그렇지 않아도 안 좋은 경제가 더 주저앉지 않을까 걱정됩니다. 코로나로 인한 사회경제구조 변화에 대응해 미래를 준비하며 교육해야 하는 것도 교사들의 몫인 것 같네요. 생활지도에, 자기 전공에 관한 것도 버거운데 아이들 미래까지 고민해야 하는 게 요즘 교사들의 책무로 슬그머니 다가온 현실입니다.

그래도 웃어요. 짜증 나면 본인에게 더 해로운걸요. 개그콘서트가 사라진 것은 이 사회가 그냥 웃지 못하고 평가만 하는 문화로 더 각박하게 돌아간 것 때문은 아닌지 의문이 듭니다. 개콘 장례식을 보면서 이제 각각 개인들이 웃음을 만들어야 하는 것 아닌지 생각됩니다. 나팔 같은 능소화 꽃, 그 꽃과 같은 '호라 스타카토'를 보냅니다.

HORA STACCATO | trumpet Andrea Giuffredi HD

세상 모든 어머니께

오늘이 대서인데 사나흘 간 내리 비가 온다 하네요. 축축한 장마에 잡초들이 더 신이 난 밭과 운동장을 바라보자니 심란하기도 합니다. 하지만 풀들에게는 축제의 나날이지요. '오월은 푸르구나'가 아니라 '칠월은 푸르구나'입니다. 가지며 오이도 쑥쑥 자라서 상추와 함께 밥상 위에 올라 어머니의 반찬 걱정을 더는 때이기도 합니다.

이맘때쯤이면 강낭콩도 잘 익은 빛깔의 꼬투리를 내밉니다. 그런 꼬투리 안에 나란한 강낭콩처럼, 강낭콩 같은 우리 형제들이 조막손으로 강낭콩 한 바가지 까놓으면 어둑해질 무렵 밭일에서 돌아오신 어머니는 등목할 새도 없이 밀가루 반죽을 했죠. 우리는 서로 돌아가며 홍두깨 대신 다듬이 방망이로 원판 위에 반죽을 올려놓고 밀가루 뿌려가며 밀어내면 첩첩 접어 어머니는 칼질을 하셨지요.

그리고 팥칼국수와 같은 색깔의 강낭콩 칼국수(일명 낭화라고 했는데)를 한 양푼 퍼내어 대접에 담아 내놓았죠. 그렇게 한여름 처마 밑 마루에서 늦은 저녁을 먹는데 제비도 바삐 마지막 먹이를 물고 와 새끼들을 먹였죠, 가끔 상위에 잠자리 사체가 떨어지긴 했지만요. 돌이켜보니 어머니나 어미 제비 다들 바쁜 한 세월 살아냈군요. 그런 어머니와 형제들 모습 뒤로 지금은 다들 뿔뿔이 흩어져 부모님 제삿날이나 돼야 겨우 한번 보네요. 그것도 이른 제사 끝내고 하룻밤도 안 자고 늦은 밤 귀가를 하곤 하네요.

이맘때 딴 고추는 쉬이 무르거나 썩어버려서 -요즘은 태양초마저도 먼저 건조기로 말리지만- 안 쓰는 방 아궁이에 불을 놓아 구들장 뎁

혀 고추 말리던, 그 매운 냄새를 잊지 못합니다. 허리 아프게 구부려 고추를 따고, 고추를 가득 담은 비료 부대를 어깨에 지고 1킬로 거리를 다니던 저 어릴 때 모습도 보이는군요. 그래도 우리 집은 좀 산다 했는데 다른 집은 아이들은 더 고생이 많았을 거예요. 그때를 살아낸 모든 어머니와 다른 세상에서 살고 계신 어머님께 음악 보냅니다. '꿈 꾸고 난 후에' 젖은 땀 밴 머릿수건처럼 남아있는 어머니.

Mstilav Rostropovich plays Apres un reve Op. 7 no 1 by Gabriel Faure

답장>>

선생님의 음악편지를 받을 때마다 아. 선생님도 건재하시구나. 여전히 바쁘신 가운데 시간을 내고 계시는구나. 하며, 반갑습니다. 잘 지내시죠? 선생님. 여름날에 다듬이 방망이로 툇마루에서 밀가루 서로 밀겠다며 아웅다웅하던 저희 형제들의 모습이 선생님 글에 얹히는군요. 고추 상할세라 방에 말리던, 그래서 그 매운 내에 캑캑거리기도 하던 저 어린 날도 역시 얹히고요. 어머니의 모습! 그렇게 바삐 사시며 자식들 위해 새벽같이 일어나 도시락 8개를 싸시던 어머니는 아침마다 반찬 때문에 얼마나 걱정이 많으셨을까요. 변한 게 없이 지금도 새벽에 일어나 출근하는 딸내미 아침 챙겨 주시느라 국 끓이고, 나물 볶아 식탁에 올리고 계세요.

— 전북여고 소훈덕 교사

어제 저녁에 늦게 퇴근하고 머리 말리는 동안 잠깐 TV를 봤어요. 한국 호랑이가 남매를 낳아 기르며 예민해진 모습, 웅덩이에 빠진 아기 코끼리를 구해달라고 마을 사람들에게 온갖 몸짓과 소리로 구원 요청을 하여 결국 새끼를 구하게 된 어미 코끼리, 고양이에게 새끼를 잡아먹히는 순간 필사적으로 달려들며 저항하던 어미 까치. 이들은 우리 어머니만큼이나 헌신적이며 위대한 모습이었어요. 동물의 세계나 인간의 세계나 어머니라는 존재는 우열을 가릴 수 없는 존재라는 생각을 하며 울컥하였지요. 오늘 선생님 글을 읽으며 다시금 이런저런 영상들이 눈앞에 겹쳐지며 코끝이 시려옵니다. 퇴근할 때, 반찬 걱정하시는 어머니를 대신해 시장에 들러 가야 할 것 같습니다. ㅎㅎ 습하여 끈적거리는 날이네요. 여름날, 건강하게 지내시기를 바랍니다.

— 전북교육연구정보원 김진아 장학사

교장샘! 교장샘 글 읽고 지도 옛날 생각이 나서 한동안 가슴이 먹먹했어요. 저도 어릴 적 장마 때 엄마가 고추 말린다고 방에다 불을 땔 때 가지고, 더워 죽을 뻔했거든요. 가끔 그 시절이 생각나면 가슴이 아려와요. 작년에 돌아가신 친정엄마 생각도 나구요. 교장샘도 항상 건강하시고 즐거운 마음으로 지내세요!!

— 김제여중 조현정 교장

와~ 오늘도 글자 하나라도 빼먹을까 봐 모니터 가까이에 눈대고 천천히 읽었습니다. 나중에 꼭 책으로 내시길 바랍니다. ㅎ 제가 모아서 책으로 만들고 싶어져요. 오늘은 선생님의 어머니 이야기가 유난스레 마음을 두드립니다. 비가 와서 그럴 것입니다. 생각해보면 저는 가까이 엄마와 함께 지내면서 늘 엄마를 부담스러워했습니다. 고맙다는 생각보다 먼저. 오늘은 퇴근해서 엄마 좋아하시는 가지나물 만들어서 맛나게 비벼 먹으렵니다.

— 성심여중 형은수 교사

무엇이든 때가 되면

장마의 끝자락에 거센 비가 퍼붓는 아침 출근길이었습니다. 잔뜩 팔과 허리와 발에 긴장을 불어 넣고 전방을 주시하며 운전했습니다. 백밀러와 룸밀러에 보이는 뒤의 풍경은 뿌옇게 처리되어 그 기능을 상실한 것 같았습니다. 다행히도 학교에 출근한 교직원 중 한 사람도 문제없이 제시간에 오셔서 마음을 놓았습니다. 1층부터 4층까지 본관 복도를 돌아다니면서 방역 때문에 열어 놓았던 창문을 다시 닫고 다녔습니다. 비가 뿌려 창문턱의 목재 가드가 상할 위험이 있기 때문입니다. 약간 이러지도 저러지도 못하는 딜레마가 있었지만 방역보다는 학교 예산을 먼저 생각하기로 했습니다. 사람보다 돈을 먼저 생각했네요, ㅎㅎ

교사 때는 눈에 보이지 않는 부분이 눈에 많이 띄네요. 빈 교실 전등과 에어컨을 끄고 다니고, 아이들이 마모된 슬리퍼 신고 다니다 미끄러운 현관에서 미끄러질세라 현관 바닥에도 뭔가 안전장치를 해야 할 것 같은 그런 날, 비가 많이 오면 몇 년 전에 본관 1층까지 잠겼다는 전설에 혹시나 하고 정읍 천변 수위를 가늠하러 정문 밖을, 정읍천을 향하기도 합니다. 걱정이 해소 걸린 늙은이의 기침처럼, 가래처럼 목울대를 떠나지 않는군요.

그런데요, 그럼에도 이 노릇 좋은 것은 시험문제를 출제하지 않아도 되는 것입니다. 해마다 몇 번씩 군대 꿈을 꾸는 것처럼(분명히 제대했는데 다시 군대 들어가는 그런 것 등) 시험문제 출제에 대한 나쁜 꿈이 조금씩 사라지는 것입니다. 입시를 앞둔 학생들과 학부모의 마음을 모르는 것은 아니지만, 조그만 문제 하나 가지고도 항의와 수정 요구, 복수정답 결과의 유불리, 재시험의 유불리 등이 고사 과정에서 수없이 제기되는 바람에 교사와 학생, 교사와 학부모 관계에 부정적 영향을 끼치고, 그에 따른 교사들의 극심한 스트레스는 참으로 교사로서의 길이 무엇인가 회의감이 들게 합니다. 교사의 평가권이 온전하게 교사에게 없게 되는 오지선다와 수능형 문제를 언제까지 4차산업혁명 시대라 일컫는 21세기에도 금과옥조처럼 받들고 올인해야 하는지 안타깝습니다.

교육에는 전 국민이 전문가라는데, 전부가 국가의 미래와 학생의 미래보다는 개인의 이해관계에 따라 결이 달라지는 이 현실이 이번 장마처럼 꿉꿉하기만 합니다. 교육은 교육전문가라고 하는 교사와 교원집단, 교육학자들이 정책을 결정하고 추진해야 하는데 일반 여론에 의해 결정하는 것은 아니라고 봅니다. 불완전하지만 학교를 믿고, 교사를 믿는 풍토와 문화를 우리 스스로 만드는 것이 무엇보다 우선 아닐까 생각합니다. 아, 하다 보니 이야기가 갈 짓자 되어 버렸네요. 비도 때가 되면 오락가락하다 말겠죠. 오락가락이라.

자우림(Jaurim) | 하하하 송(Hahaha Song)

한여름의 크리스마스

열대야에 잠을 설쳤습니다. 오랜만에 에어컨을 켰는데 혹시나 감기 들지 않을까, 중간중간 잠을 깨어 ON/OFF 스위치를 번갈아 눌러댔습니다. 왜냐구요? 감기 걸리면 일이 복잡해지니까요. 기침에 열이라도 나면 그때부터는 학교도 복잡해지고 저와 관계된 많은 사람도 복잡해지니까요. 이유가 또 하나 있어요. 아날로그 세대인 나는 복잡한 전자 기기를 끔찍하게 싫어하거든요. 인공지능 자동으로 설정하는 것이 서툴고 못 미더워서입니다. 또 복잡하기만 하고 가격만 비싼 새 전자제품들을 살 때마다 화가 나고 또 들여놓을 때마다 마나님 눈치를 슬금슬금 보게 됩니다. 무능력한 남자, 다른 집 남편들 그 능력자들 앞에서 한없이 쪼그라드는 모습은 비단 나뿐일까 하는 즐거운 상상(?)도 하면서 이런저런 버튼을 누르는데 식은땀이 납니다.

밥만 해 먹는 전기밥솥을 얼마 전 들여놓았는데 도대체 제대로 주인님 지시를 이행하지 않는 것은 무슨 배짱인지 부수고 싶다는 마음이 들었습니다. 단순하게 밥만 하면 되는데 죽부터 닭백숙, 단호박까지 온갖 사양을 넣어놓고 고객더러 어찌하라는 건지, 고객들을 시험에 들게 해놓고 AS 평점은 10점 만점에 10점 만점을 달라는 어이없는 현실을 살아내자니 참으로 어렵습니다. 고난의 행군이지요. 키오스크 앞에선 두려운, 그 두려워하는 눈들이여!

20여 년 전에 아니 30여 년 전에 박남철 시인의 「독자놈들 길들이기」란 시가 생각나는 수요일입니다. 이 덥고 넘치고 어려운 여름의 강을 잘 건너가 보시게요.

내 詩(시)에 대하여 의아해하는 구시대의 독자 놈들에게-→차렷, 열중쉬엇, 차렷,

— 박남철 「독사놈들 길들이기」 중에서

나도 저들처럼 노래 부르며 늙고 싶다.

이 더운 날 크리스마스 시즌 송 보냅니다.

'그 맑고 환한 밤에' It Came upon the Midnight Clear

물은 만물을 이롭게 하면서도 다투지 않으며

참으로 징헌 장마였습니다. 나이 여든이 넘은 사람도 이번 같은 장마와 홍수는 처음이었다고 입을 모읍니다. 쉬지 않고 오는 비에 빨래는 엄두도 못 내고, 수건이나 속옷 정도만 빨아 널고 잠깐 바람 좀 쐬다가 다 마르지 않은 상태에서 다리미 판에 올려놓아 문지르고 털었습니다.

그리고 고무줄 밴드 부분 중심으로 아직 뽀송뽀송하지 않은 옷을 입어 몸으로 덥혀 말리곤 합니다. 아직도 원시적이죠? 요즘 건조기란 것도 있다는데…… 웬 근천스런 말이냐구요? 잘 되지도 않는 미니멀 라이프를 생각하고 있거든요.

코로나에 장마에 힘든 심신이 나 아닌 타인을 향해, 이번 장마 물길처럼 자신보다 낮은 곳, 못한 처지를 향해 날카롭고 험한 눈길을 보내지는 않는지 되돌아 물어봅니다. 사람들은 종종 힘들면 희생양을 만들기도 하고, 만만한 상대를 골라 분풀이도 하는 경향이 있는데 상선약수(上善若水)라고 좋은 말처럼 덕이 밑을 향했으면 하는 마음입니다.

"물은 만물을 이롭게 하면서도 다투지 않으며 뭇 사람들이 싫어하는 곳에 처한다. 그러므로 도(道)에 가깝다." 노자의 말처럼 물의 덕성을 갖추었으면 합니다. 아울러 자연을 정복한다는 인간의 오만한 마음이 겸허해지는 계기이기를 기대해봅니다. 이번 홍수에 축사 지붕 위에서 살아남아 우는 소가 이렇게 외치는 것 같네요.

"이렇게 당하고도, 이렇게 기후 위기 경고를 내리는데도 나를 잡아먹을래? 나 하나가 하루 뀌는 방귀로 아반떼로 서울 가는 거리만큼 지구온난화를 일으키는데 그렇게도 내 살코기가 좋아?"

기후학자 조천호는 말하네요.

"기후 위기에 대응할 시간은 10년밖에 남지 않았다. 지구를 열받게 한다면, 그래서 빡치게 한다면 이 모든 것을 멸망시키리라."

 Eurythmics, Annie Lennox, Dave Stewart - Sweet Dreams (Are Made Of This) (Official Video)

삶은 기다림

참으로 힘든 2020년 봄과 여름이었습니다. 가을로 접어들었는데도 아직 코로나가 기승을 부리고 있습니다. 어제는 낮과 밤의 길이가 같은 추분이었습니다. 늦은 저녁을 먹고 운동장 앞에 나섰더니 살찐 초승달이 서쪽 하늘에서 구름과 숨바꼭질 하더군요. 달도 커졌구요. '한가위가 다가오기는 오는 모양이다'라고 생각했습니다. 돌아오는 길 풀 가장자리에 있던 풀벌레들이 인간들의 발길에 잠시 두려워 숨을 죽이고, 지나자마자 이내 소리높여 가을 저녁을 점령하고 있네요. 그렇게 자신의 존재를, 찰나의 영혼을 드러내고 있네요.

저 또한 집 현관 앞에서 이슬 채인 신발에 잠시 예순 가까이 걸어온 생에 대해 생각하곤 가슴 먹먹해집니다. 옛사람들 흔한 표현인 초로 같은 인생 어쩌고저쩌고에 그저 남 얘기러니 했는데, 이제는 반백이 넘어가는 머리칼에 다시 한번 고개 꺾인 갈대처럼 새삼스러운 낯섦이 있습니다. 바람은 시도 때도 없이 부는데 거기에 몸 맡기고 뿌리 내린 땅을 버팀목 삼아 무리지어 사는 갈대의 삶이 신산하기는 하지만 존경스럽습니다. 버티고 버티고 그러다 보면 한살이가 되겠지요. 그러다 보면 육체의 껍질을 벗고 우화등선할 날이 오겠지요. 그렇죠?

걷다가 이마에 부딪힌 거미줄을 걷어냅니다. 요즘은 검은 거미 대신 초록무당거미가 득세입니다. 그 많던 검은 집거미들과 그들의 노란 알집이 이젠 잘 보이지 않네요. 거미생태계도 흑백에서 컬러로 변한 걸까요? 그 많던 싱아가 아니라, 그 많던 검정 거미는 어디로 갔을까 궁금합니다.

하여튼 공중에 터전을 둔 그들의 삶이 기다림이라면, 땅에 발붙이고 사는 우리들 삶 또한 기다림일 것입니다. 좋은 날을 기다립니다. 왁자지껄 술판에서 편하게 기분 좋은 술 한잔하는 날이 빨리 오기를 기원합니다. 계절이 바뀌는 시간입니다. 별 하나 세어보시죠.

아 가을인가 | 오현명 노래

코로나보다 더 답답한

　더없이 맑은 날이지만 노심초사하는 날입니다. 코로나가 추석 연휴 지나 정읍지역에서 집단으로 나타나서입니다. 일부 마을은 코호트 격리에 들어가고, 그동안 코로나 열외 지역이어서 타 지역에 비해 붐비던 식당가도 이제는 비어갑니다.

　학교는 비상입니다. 3학년은 수능일이 60일도 채 안 남았고, 1~2학년은 격주로 나오는데 그만큼 수업결손과 선생님들의 업무 가중에 마땅한 대책이 안 보입니다. 보건 교사는 잔뜩 긴장되어있고, 영양 교사는 수도 없이 변경되는 배식 인원에 진땀을 뺍니다. 행정실은 급식업체 계약을 수시로 변경하는 수고로움이, 교무부장은 학사 일정 조정하느라 그야말로 파김치입니다. 오랜 공백 끝에 돌아온 1학년은 2학기가 진행됨에도 아이들 사이가 예전만큼 끈끈하지 않고 데면데면한 느낌입니다. 학력에 중간층이 엷어지고, 시골 같은 경우는 상위권조차 수도권에 비해 상대적으로 내려가는 느낌입니다.

　빨리 코로나 국면이 해소되어야 할 텐데 일부 생각이 다른 사람들 때문에 피곤함이 쌓여가네요. 이리저리 태극기 들고 몰려다니며 마치 나라 망하라고 푸닥거리하는 것 같습니다. 제발 자기 주장하기 전에 아이들을 생각하고, 죽어가는 자영업자들, 잠 못 자는 취준생들, 아이 맡길 데 없어 동분서주하는 젊은 부부들을 생각해서라도 잠시 멈추기를 기도합니다.

Pink Martini - Amado Mio | Live from Seattle - 2011

그대 앞에 그냥 홀로 서리라

마음이 바쁜 10월 중순입니다. 새해 복 많이 받으라고 문자 홍수가 온 지 얼마 되지 않은 것 같은데. 올해는 글렀네요. 코로나 블루. 일터와 집안에서, 또는 곳곳에서 쌓인 스트레스가 서로에게 향하는 칼끝이 되어 가정불화가 심해지고 이혼율과 가정폭력이 늘고 있다 하네요. 날선 말들과 눈빛이 상대를 찌르고 종국에는 자신을 찌르는 현실에서 코로나는 아직도 스파이크처럼 강한 접지력을 가지고 지구를 움켜쥐고 있네요. 저도 지난 주 연휴 내내 집에만 있다가 마지막 날 일요일 오후에 견디다 못해 저녁 먹고 나서야 저녁 외출을 나섰습니다. 마나님의 지청구를 뒤로 하구요. 늦은 저녁, 여럿은 그렇고 친구 하나 불러 술 한잔했습니다. 평소 잘 먹지 않던 비싼 소고기도 굽고요. 10시에 식당 문 닫는다고 해서 8시 30분부터 부랴부랴 둘이 소주 3병을 비웠습니다. 뭐가 그리 바쁜지. 시간이고 공간이고 도대체 여유가 없네요. 식당도 한두 테이블만 차 있어 공간에 여유가 있는 역설. 어찌 봐야 할지.

돈은 벌어서 뭐하누? 쇠고기 사 먹어야지. 개그맨 김대희 어록을 상기하면서 오늘 출근길 음악방송에서 음악치료사가 하는 말을 전합니다. 코로나 이전 세상을 생각지 않는 게 정신건강에 가장 중요하답니다. 그걸 포기하는 순간 코로나 우울증 치료가 시작된답니다. 누구나 답답하고 불안하고 우울한 현실에서 반나절, 아니 20분간만이라도 자기 시간을 가지라고. 그리고 그걸 상대방에게도 배려하라고 권합니다. 그리고 음악을 듣고, 때로나 미친놈처럼 혼자 운전하는 차 속에서 크게 노래 부르라고. 악을 써도 좋다고 합니다.

우리 마음속 화살을 허공으로 향하게 하시게요. 그리고 마음속의 총을 사격하지 말고 연병장에 4개 1조로 총을 모아 하늘을 향해 거총 시켜 놓게요. 그리고 철모를 벗고, 탄띠를 풀고 수통에서 조금은 식었지만 시원한 물 끄륵끄르륵 마시게요. 환절기입니다. 건강이 제일입니다. 마음의 탄띠를 잠시 풀어놓으시길.

-나 가진 것을 모두 다 드리고

그대 앞에 그냥 홀로 서리라.

사랑하는 마음 | 임긍수 시, 작곡/테너 임웅균

먼저 상대의 아픔과 괴로움을 살피는

지난 한 주 너무 바빠 편지 배달 놓쳤네요. 베란다 너머 석류잎이 노란 아침입니다. 하지만 반갑지 않은 미세먼지가 연사흘 내린 안개처럼 걷히지 않네요. 코로나 역설로 깨끗해진 하늘이 다시 흐려지네요. 좋은 이웃을 두어야 할 텐데. 중국이 공장을 다시 활발히 돌리는가 봅니다.

나라도 그렇고 집도 그러합니다. 시골 사는 저도 날씨 따라 어쩌다 한 번씩 나는 축사 냄새에 나도 모르게 얼굴을 찡그리게 됩니다. 주택 가까이에는 축사가 없어야 하는데 예전에 동네 안에서 동네 사람들 묵인하에 대여섯 마리 키우던 사람이 갑자기 많이 키우는 바람에 벌어진 일입니다. 아무리 조치를 취한다 해도 최소한 냄새는 나기 마련인데 어쩌겠습니까? 그 사람도 먹고살아야 하는데. 하지만 가끔은 혀를 차게 됩니다. 면민의 날 행사 같은 때 부조금 내는 걸 보면 그 인색함에 짜증날 때가 있습니다. 저도 10만 원 정도 내는데 외제차 타고 다니는 그 축산업자도 10만원 내는 걸 보면 실소를 금치 못합니다. 예전에는 동네 사람들 미안해서 1년에 한두 번 돼지 한 마리씩이라도 잡고 그랬는데 요즘은 통 없습니다. 이익은 독차지하고 손해는 나누는, 그 당당함에 '자본주의 참 좋다'라는 말이 입안에서 옹알이 됩니다.

개인 사정상 전주에 12층 아파트를 반전세로 얻어 두 집 살림하는데 입주하자마자 그 다음날 14층에서 리모델링 공사를 시작하더니 한 달 갔습니다. 여름 내내 드르륵거리는 소리에 창문도 못 열고 괴로웠는데 집주인은 이웃들에게 그 흔한 미안하단 말도 전하지 않았습니다.

시공업자만 엘리베이터에 미안하다 안내문 붙이면 끝인가 봅니다. 어찌하여 시골에서 3주쯤 지내다가 다시 아파트에 들어가 살려 했더니 이번에는 바로 위층인 13층에서 추석까지 끼어 있는 한 달 보름간 리모델링 공사를 한다고 안내문을 붙였네요. 와 어찌 이런 우연이 연달아 겹쳐 일어나는지 다음날 바로 짐 싸서 시골로 내려와 살고 있네요. 안내문상으로 공사는 끝났을 것 같은데 선뜻 못가네요. 보증금은 제하더라도 월세 65만원이 석 달째 공으로 나가고 있습니다. 관리비도 십몇만 원 그대로 나가고요. 누가 나에게 공술 한 잔 사주시구려. (농담입니다.)

　푸념으로 이번 한 주 푸닥거리합니다. 경주마처럼 앞만 보고 가지 말고 옆도 보면서 상대의 말 못할 아픔과 괴로움을 살피고 이해의 말이라도 먼저 구했으면 좀 더 따뜻한 세상이 되지 않을까 생각합니다. 먼지에 대하여, 예전 같으면 아마 조금 염세주의적인 캔사스 버전으로 보냈을 거예요.

Sarah Brightman | "Dust In The Wind"

미래는 씩씩하게 맞이하자

아침 출근길, 성에가 끼어 있는 차창을 히터와 열선으로 녹이고 출발했습니다. 이미 겨울은 오늘 꺼내 입은 간절기 파카 소매 속에서 목 내밀고 있네요. 가을은 이번 주가 가장 마지막 주간이 아닌가 합니다.

햇살은 밝고 단풍은 이슬에 반짝이는 출근길 내내 속도를 좀 줄이고 2차선으로 진입해 산과 들, 나무와 집 등 좌우 양 창 옆을 쳐다보았습니다. 목숨을 건 해찰이지요. 그래요. 바쁜 줄 알지만 이런 날은 2차선으로 다녀봐요. 1차선으로 아무리 추월해 간다 해도 직장과 집 밖에 어디 더 가겠어요? 그렇게 세이브해서 남는 시간에 커피를 마신다한들 입천장이나 데지 어떻게 깊은 향과 맛을 음미하겠어요?

교정에 단풍 몇 그루 내장산보다 아름답고 장관입니다. 그런 풍경을 볼 새 없이 3학년 아이들은 기출문제에 코를 박고 있습니다. 그들의 구부러진 목과 양어깨를 안마해주고 싶은 마음입니다. 이제 마지막 피치를 올리는 시간, 멘탈 유지가 관건입니다. 그들이 바라는 것을 얻기 위해, 더 많은 기회를 얻기 위해 노력하기를 바랍니다. 그러나 그러나 남는 게 있네요. '죽어라고 고등학교 3년만 공부하며 버텨라. 그러면 대학부터는 네 세상이다'라고 사기 치지만 그들의 앞길은 장담할 수 없는 게 가르치는 사람으로서 체증처럼 남습니다. 그럼에도 사탕발림하고 밝은 미래를 던져주는 게 낫지 않나 생각합니다. 〈인생은 아름다워〉의 귀도처럼 옆에 있어 주는 것만으로도 교사의 책임을 다하는 것은 아닐까요?

포스트 코로나 시대에 일자리는? 4차산업혁명 시대의 일자리는? 아이들의 진로 설계에 먹구름이 잔뜩 끼어 있습니다. 알면 알수록 어두워집니다. 하지만 두려움은 세상을 이길 수 없는 것 같아요. 일단 발을 내밀고 시작해보는 거지요. 죽이 되는지 밥이 되는지는 좀 지켜 보고요. '과거는 잊어라, 현재는 믿어라, 미래는 씩씩하게 맞이하자.' 혀에 맴도는 말 뱉습니다. 대추씨만 한 한마디.

손태진 | 잠든 그대

만추의 기억

만추! 만추 하면 저절로 바바리코트 옷깃이 떠오릅니다. 11월의 옷깃을 여미고 나서는 길가엔 한여름의 꿈들이 붉게, 혹은 노랗게 마지막을 장식하고 있네요. 현빈의 바바리 재킷도 그려지구요. 교정 울타리에 열병식하던 노랗던 은행나무가 이젠 해성해져 바람길을 내고 있습니다. 바닥엔 겹겹이 쌓인 낙엽이 11월 오후 따뜻한 햇볕을 끌어안고 뒹굴고 있네요. 뭔가 물안개처럼 어슴프레하고 아련하지 않나요?

쉬잇! 이런 날 아무 말도 하지 마세요. 그저 바라만 보세요. 걷기만 하세요. 굳이 기억의 책갈피에 넣지 마세요. 두고 잊어버리는 것은 또다른 아픔이거든요. 그대로 두세요. 지난 서리에 풀죽은 호박 넝쿨과 들깻대도 그냥 두세요. 쪼그라들고 삭아지고 썩어가는 순리를 어쩔거예요. 이런 날 그냥 멍때려도 좋아요? 공친 날이면 어때요. 블루투스 스피커 볼륨 크게 켜놓고 마음껏 우울하세요. 그리고 아, 아직 내 마음의 떨켜는 돋지 않았거든요. 이 늦가을 사랑합니다. 이 짧은 늦가을의 발자국을 선물합니다.

Autumn Leaves · Eric Clapton

기타의 계절, 가을

늦가을, 때아닌 따뜻한 바람에 점심 후 와이셔츠 차림으로 교정을 거닐었습니다. 내일은 여름비처럼 100밀리 이상 비가 내린다고 하지만 아직은 구름 조금 낀 딱 좋은 날씨입니다. 나뭇잎들이 이리저리 10대들처럼 바람과 함께 몰려다니며 까르르거리고 있네요. 나뭇잎 일부는 구석진 곳에 몰려서는 친구 뒷담화 하는지 아니면 풋담배 말아서 돌려 피우는지 등을 보이고 둥그렇게 모여 앉아 작당을 하고 있네요. 작당하고 싶은 날입니다.

그런데 어쩌죠? 코로나 확진자가 300명을 넘어서버리는 바람에 당장 수능을 앞둔 아이들과 부모 맘을 어둡게 하고, 학교도 뭔가 어수선해지는 느낌입니다. 되는 것도 없고 안되는 것도 없는 이상하리만치 불안하면서도 평온한 하루하루가 지나가고 있네요. 그날그날 주어진 하루치의 안식을 제대로 찾지 못하면 뭔가 억울한 느낌이 들 것 같은 11월 중순 바쁜 마음 잠시 접고, 셔츠 팔을 걷어붙이고 걸어 봐요. 바스락거리는 11월, 지난 여름 뜨거웠던 태양의 추억을 들으실 수 있을 겁니다. 가을은 기타의 계절 같습니다. 기타의 공명통 속에 요정처럼 살고 싶은 날입니다.

예전 1970년대, 집이든 빵집이든 푸쉬킨 시와 함께 여기저기 액자 속에 걸려 있던 시 구절을 보냅니다.

아마 구르몽이라는 프랑스 시인 것 같은데…….

시몬, 너는 좋으냐? 낙엽 밟는 소리가.

낙엽 빛깔은 정답고 모양은 쓸쓸하다.

낙엽은 버림받고 땅 위에 흩어져 있다.

— **구르몽 「낙엽」 중에서**

존 윌리암스 | Cavatina

자신을 믿고, 위풍당당하게

초겨울, 낮은 태양의 고도가 그리는 궤적에 따라 산과 들이 밤새 품었던 안개와 서리들을 풀어놓고 있습니다. 출근길 경쟁에서 한숨 돌리는 김제 원평 즈음부터는 바깥 풍경이 비로소 보이기 시작하는군요. 남아있던 나뭇잎마저 떨어져 구석 여기저기 엉켜 있어 빛을 잃어가고 있구요. 들은 일부 까마귀 떼를 제외하곤 바람의 차지가 된 지 오래입니다. 따놓았던 감은 하나둘씩 물러터지기 시작했고, 미끈한 각선미를 자랑하는 무들이 밭뙈기째 트럭에 실려 가고 있습니다. 이미 많은 집들이 김장을 마치기도 했구요. 세계문화유산에 한국의 김장이 들어 있던가요? 올해 변덕스러운 날씨 덕분에 수확이 줄어 고추값 등이 만만치 않지만 그래도 젓갈 달이는 냄새가 동네 여기저기 나네요.

코로나 덕분에 전국 각지에서 가족과 친인척이 예년만큼 오지는 않지만 우체국마다, 택배 창고마다 김장 김치며 각종 수확물들이 이중삼중의 포장을 거쳐 쌓여 있는 것 같습니다. 사라져 가는 가족 간의 정이 그나마 가을이 있기에 까치밥처럼 남아있을 수 있는 것 같습니다.

마찬가지로 고3 마음 바쁜 우리 아이들도 12월 3일 대입 수능 날을 기다리고 있습니다. 왜 이리 시간은 빨리 흘러가는지, D-DAY 100이라 써놓았던 교실 달력이 벌써 서너 장 뜯겨 나갔네요. 뿌린 만큼 거둘지 어떨지 모르겠네요. 우리 학교 3학년 부장님은 수능 당일 내장산 연화봉에서 기도드린답니다. 기돗발이 어디까지 미칠지 모르지만 제각기 간절한 소망을 담아 하늘에 빌어보는 거겠지요. 이런 때 무신론자인 저도 무엇인가 꼭 붙잡고 싶습니다.

선생님들 정말 고생 많으셨습니다. 고맙습니다. 야자에 밤늦은 시간까지 상담까지 하느라 번아웃된 선생님들께 위로의 말을 전합니다. 그리고 오랜 기간 고생한 아이들에게, 그리고 부모님들께 따뜻한 무언의 눈빛을 보냅니다.

잘 될 겁니다. 자신을 믿고 그대로 쭉쭉 나가시길 기원합니다.

신경림의 시 한 편 같이 보냅니다.

사람들은 자기들이 길을 만든 줄 알지만

길은 순순히 사람들의 뜻을 좇지는 않는다

사람을 끌고 가다가 문득

버랑 앞에 세워 제 허리를 동강내어

사람이 부득이 저를 버리게 만들기도 한다

— 신경림 「길」 중에서

엘가 | 위풍당당 행진곡 1번

다만, 포기하지 말자

성긴 눈발이 척후병처럼 내달리는 12월 중순입니다. 이제 본대인 추운 겨울이 진격할 모양입니다. 코로나가 청정지역 김제를 장악하고 틈을 보아 다른 곳으로 진격 준비를 하는 모양입니다. 은밀하고 위대하게, 그리고 빠르게 습격하는 코로나를 보면 병법 대가인 손자병법의 손무도, 삼국지의 조조도 울고 갈 신묘 기산입니다. 때로는 공포를, 때로는 위장된 평화를 자유자재로 구사하는 코로나 군단은 이제까지 봐 왔던 초식을 뛰어넘어 예상하기 어렵습니다.

부디 몸조심하시길 빕니다. 올 2월에 취소하고 미루었던 모임도 해를 넘기게 생겼습니다. 내년은 또 어떨지, 다만 포기하지 말자는 말씀밖에 못 드리겠네요. 평강! 평강을 외칩니다.

로시니 | 오페라 [세비야의 이발사] 중 '나는 이 거리의 만물박사'

모두 사랑하네

미세먼지는 앞산을 가리지만 따뜻한 겨울 오후입니다. 그런 오늘 3학년 학생들이 오랜만에 등교해 수능 성적표를 받아 들고 다시 뿌연 안개 속을 더듬더듬거리며 행선지를 찾아 나서고 있습니다. 어떤 아이는 삐죽여 나오는 웃음을 참고, 어떤 아이는 시무룩하고, 어떤 아이는 허세를 부립니다. 다 제각기 상황에 대처하는 방법입니다. 그들의 모습을 보며 그 나이 40여 년 전 나를 떠올립니다. 막막함과 불안, 그리고 싹트는 새로운 희망과 기대에 상기된 얼굴들. 그들을 응원합니다. 그들의 약간 상기된 얼굴, 치기 어린 행동들에서 보이는 제 모습. 그리고 빡빡머리에서 어느 정도 제대를 앞둔 말년 병장처럼 머리를 기른 제 모습이 보이는군요.

1,000명을 넘나드는 코로나 확진자에 지난 봄방학에서, 여름방학으로, 여름방학에서 겨울방학으로 미루어 놓은 여러 일정과 약속을 이젠 미련없이 다 지워놓아야겠군요. 아무쪼록 건강하시고 '방콕', '사무실콕' 하면서 그래도 가능한 음악과 함께하시길 바랍니다. 2020년 타임지 표지 인물인 마스크가 올 한해를 강제 마감시키고 있네요. 셧아웃 당하지 말라고 '모두 사랑하네' 미인을 선물합니다.

 봄여름가을겨울 | Intro: 항상 기뻐하는 사람들 - 미인 | SSaW - Intro: Always Happy - Beauty | Official MV

난석이 물 먹는 소리, 참 좋네요

어제, 밤사이 쌓인 여우눈이 햇살에 눈부신 오전입니다. 먼 산 중턱에는 더 하얀 눈이 쌓여 산자락이 헬스보이처럼 굵은 힘줄을 자랑하는군요. 그런데 어느새 입춘이랍니다. 해도 많이 길어졌구요. 입춘대길 건양다경, 올 한해 선생님들께 좋은 일만 생기길 바랍니다.

어찌어찌 지내다 보니 벌써 2월입니다. 이런저런 인사발표로, 새학기 준비관계로 어수선한 날들이 이어지겠지요. 그렇게 어찌어찌 지내다 보니 이젠 인사 자료에 아는 이름들이 많이 사라졌네요. 명퇴자, 정퇴자들 속에 아는 얼굴이 많아 내년에는 더욱더 아는 이름들이 적어지겠죠. 그리운 이름들, 추억의 한 페이지에 끼워 둘 이름들. 읊조려 봅니다.

저도 그 한 사람이 될 날이 가까워집니다. 그냥 하루하루 열심히 살았는데 저 앞산 흰 이마처럼 저도 머리가 하얗게 변해갑니다. 해놓은 것 없어 마음 바쁜 노년이라지만 지금처럼 아무 생각 없이 살다 보면 그때 가서 또 생각하고 살면 되겠지요. 그래서 한 번 더 본다는 생각에 정리할 때마다 버리지 못한 책들이며 쓸데없는 애착들도 과감히 버릴 줄 아는 한 해를 만들까 합니다. 새롭게 시작되는 봄, 그동안 방을 비워둔 덕에 목말랐던 난에 물을 줍니다. 난석이 물 먹는 소리, 참 좋네요.

 Seong-jin Cho | Liszt - 'Consolation' No.3 in Db Major

바람을 안고 날아올라

새 학기, 정신없이 바쁘신 분께 죄송합니다. 다만 언제 한숨 돌릴 때 짬을 내어 음악 한편 들어보세요. 어찌하다 보니 3월이네요. 반편이 같은 2월을 바삐 보내고 더 바쁜 3월이네요. 김판용 교장 선생님이 보낸 변산바람꽃 사진을 보니 벌써 봄은 발 앞에 와있네요. 이미 복수초는 벌을 부르고 얼레지도 노루귀도 피어있겠지요. 나다니지를 않고 아파트 안에서만 빙빙 돌다 보니 시절을 잃고 사람도 잊고 그리움도 흩어졌습니다.

어제, 이제는 좀 익숙한 영상 입학식을 했습니다. 얼굴을 맞대고 표정을 읽을 수 없는 입학식이 방송 전깃줄을 타고 스피커를 들썩거리게 합니다. 여전히 낯설고 좀 거시기 했습니다. 다행히 아이들은 여전히 밝고 아름다운 청춘이었습니다. 잘 듣지도 않고 의례적인 형식만 남은 입학식을 날씨가 풀리고 코로나가 풀리면 내년에는 좀 색다르게 해볼 생각입니다.

어린 시절 손수건 달고 코 훌쩍이며 '앞으로 나란히'를 배웠던 국민학교 입학식부터, 행사 때마다 춥든 더웠든 운동장에서 따분한 교장 선생님 훈화를 듣는 모습을 기억합니다. 일부는 멍때리고, 일부는 친구 옆구리 찌르고 일부는 앞 친구 오금을 무릎으로 쳐 주저앉히고, 일부는 고무신 바닥으로 운동장에 반원을 그리고, 그런 모습들이 어언 반세기가 흘러 제 앞에 도달했네요.

감사합니다. 이태까지 무탈하게 온 것을, 그리고 그런 옛일을 편하게 반추할 수 있는 늙음을 주신 것을. 이제 곧 금산사 늙은 벚나무도 꽃을 피우겠지요. 벼락 맞은 연리지나무도 새잎을 피우겠구요.

참으로 맑은 날 바람을 안고 송골매처럼 날아오르시게요. 볼라레 (Volare, 날아라).

Jonas Kaufmann | Volare

참으로 맑은 봄날입니다

바람도 없는, 참으로 맑은 봄날입니다. 앞산에 곧 뻐꾸기 소리가 곧 들려올 것 같은 푸른 날입니다. 3월 신학기 바쁜 나날에 또 다른 바쁜 친구들이 있더군요. 겨울을 난 겨울 잡초들이 마지막으로 영토를 확장하고 작은 꽃들은 더 큰 놈이 오기 전에 부지런히 좌판을 깔고 손님을 기다리고 있네요. 그중 하나 회양목과 수선화가 있는데요. 식생활관에서 점심 먹고 나오자니 학교 화단에, 눈에도 잘 보이지 않는 회양목 아주 작은 꽃술에 꿀벌들이 바삐 들락거리고 있습니다. 지난해 긴 장마에 공친 날이 많아서였는지 작년에 비해 꿀벌 개체 수가 많이 준 것 같네요.

하여튼 살아남은 그들에게 박수와 따뜻한 눈길을 던집니다. 그리고 지난 겨울 한파에 동상을 입고 누렇게 변한 치자나무와 철쭉, 차나무에게도 소생의 기다림을 전합니다. 아마 일부는 다시 살아남을 거예요. 마찬가지로 지난해 내내 코로나에 힘들었던 사람들에게도 소생을 기대하고 부활을 응원합니다. 아직도 코로나에 힘든 학생과 교직원, 학교를 응원합니다. 빨리 모든 게 영어 어원의 스프링처럼 튀어 오르는 봄을 기대합니다.

La Copa De La Vida(La Cancion Oficial De La Copa Mundial, Francia 1998)

하얀 목련이 튀밥처럼 여기저기 터지고

봄바람에 황사가 넘나드는 나날입니다. 다행히 어제와 오늘은 생각보다 약해 한숨 놓았습니다. 점심을 먹고 따스한 햇볕 속을 거닐다 보니 하얀 목련이 옥수수 튀밥처럼 여기저기 터져 있어 마치 〈동막골〉의 한 장면처럼 환했습니다. 갑자기 순진무구한 배우 강혜정의 얼굴이 생각납니다.

바쁜 3월이 중간쯤 지나네요. 오늘은 월급날, 점심시간만이라도 모처럼 환한 시간 되었으면 합니다. 저도 모르고 세월도 모르게 먹은 나이가 막 나가던 몸을 구속하기 시작하네요. 자그마한 것도 쉽게 낫지 않고 일을 키우고 있네요. 20년 전에는 어쩌다 한두 번 났던 다래끼가 두 달 사이 네 번이나 생기구요. 술을 조금만 먹어도 얼굴이 빨개지고, 밥 먹을 때도 전에 없이 얼굴이 붉어지네요. 그동안 막 살았던 시간에 대해 옐로카드를 주는 것 같습니다. 아직도 욕심을 비우지 못하냐고 힐난하는 것 같네요. 사람이란 습성의 동물이라 습관이 가리키는 길만 가니 그 행태가 마치 올무길을 무작정 가는 산토끼나 멧돼지 같습니다.

욕심은 많은데 몸은 따라주지 않고, 운동은 제대로 하지 않으면서 탐식에 게으르기까지 하니 죽비를 내려치는 거겠지요. 그럼에도 쉽게 응하지 못하니 그것 또한 큰 병입니다. 핑계는 쉽고 과정은 지난하니 유혹을 이길 재간이 없습니다. 그러니 어쩌지요? 에라 모르겠다. 그냥 저냥 살면 무슨 수가 나겠지, 하고 고개를 돌리게 되네요.

좋은 봄날, 하품의 값도 못 쳐주는 말들을 뿌립니다. 코로나가 아직도 잠복해 게릴라전을 펴는 중입니다. 내내 조심하시고 건강하시길 빕니다.

언제나 인생의 밝은 면만 보라고, 언제나 인생의 선한 면만 보라구

— 그러니 언제나 죽음의 밝은 면만 보라구

Monty Python | Always Look On The Bright Side Of Life (Official Lyric Video)

봄의 향연을 기대하며

사월의 편지는 아직 도착도 안 했는데 사월의 노래, 목련꽃은 지고 있습니다. 점심 무렵, 목련꽃 그늘 아래 따뜻한 햇볕에 못다 한 노래는 시들어가고 있지만 먼발치 담벼락 가에 쭉 늘어선 벚꽃이 하나둘씩 꽃문을 열고 벌의 노래와 나비의 몸짓을 기다리고 있습니다. 백목련이 못다 한 봄 편지 내용은 벚꽃과 자목련이 이어서 쓰겠지요.

바쁜 3월이 지나가고 있네요. 수선화도 바삐 피어 장마당을 열었다가 마무리하는 모양새입니다. 개나리도 마무리를 준비하고 있구요. 한 이틀 꽃샘추위에도 그대로 한 철 장사 잘한 모양입니다. 우리네 삶도 이와 같아서 계절의 순환에 따라 갈무리하듯 때로는 하루 단위로, 주 단위로, 월 단위로, 년 단위로 마당을 열고 닫는 중이겠지요. 파장된 저녁 무렵이면 허리에 전대 두둑이 부풀어 오르듯 당신 마음의 전대가 두둑해지길 빕니다.

칼칼칼칼처럼 총총총총처럼 올라오는 새싹들의 합창처럼.

힘차게 피어오르는 꽃봉오리처럼 울려 퍼지는 봄의 향연을 기대하며.

일트로바토레 대장간의 합창 Il Trovatore Chi del gitano

백화만발 만화방창 봄날에

지난해 수요 편지에 이런 봄날을 백화만발(百花滿發) 만화방창(萬化方暢)이라 했지요. 올해는 때 이른 따뜻한 날씨 덕분에 경향각지 동시다발(同時多發)입니다. 경남 진해와 서울 여의도에 벚꽃이 동시에 피고 온갖 꽃들이 순서 상관없이 동시에 피는군요. 덕분에 벌 나비들이 바쁜데 벌들의 노동인 꿀을 채취(착취)하는 양봉업자는 울상이겠지요.

기후 위기인지 뭔지는 모르지만 하여튼 꽃이 피니 좋네요. 3월 지나니 이제 마음도 좀 여유 있어지네요. 發, 중학교 때 한문 배울 때 發(필발)에서 새김인 '필'이 무슨 뜻인지 모르고 그냥 외웠는데 꽃이 피는 것을 상형했더군요. 선거다, 경기부양이다, LH사태다 뭐다 신란하고 어수선하지만 계절은 어김없이 순환하고 지구는 돌아가고 있네요. 하루하루 일상이 소중하고 의미 있는 시간으로 이어질 때 잠드는 밤은 더욱 별이 고요하게 빛날 거예요.

코로나에 움츠리고 스스로 제어했던 마음 잠시나마 꽃처럼 피어나길 빕니다. 아직 마스크는 벗지 못하지만요. 꽃구름처럼 정읍 천변의 흐드러진 벚꽃, 저도 모르는 흥겨움에 몸을 으스스 떨어 꽃비로 내리네요. 한겨울에 추위와 주림에 시달린 영혼들의 몸짓입니다. 아주 서러운 이야기입니다. 짧은 봄날, 얼었던 마음 풀어 한껏 누리시길. 꽃향에 취해 쓰러지길 바랍니다.

 소프라노 강혜정 | 꽃구름 속에

당신이 앞으로 맞을 봄은 몇 번인가요

당신이 앞으로 맞을 봄은 몇 번인가요?

이 질문에 마음의 옷깃을 다시 부여잡습니다. 그리고 허투루 살지 말아야지 생각합니다. 올해 들어 그동안 게으른 탓으로 부실한 몸이 만 나이로 아홉수처레하는지 자주 아프네요. 빠삐용이었던가요? 영화 속에서 인생을 낭비한 죄로 자유를 잃은 사람이? 짧은 봄날 서둘러 꽃들이 피고 지고 쨍쨍한 날 소리 없이 만물이 부산합니다, 마치 백색 소음처럼. 이제 주위를 둘러보니 봄꽃으로는 배꽃하고 복숭아꽃 두어 가지 남은 것 같군요. 아니, 키 작은 할미꽃과 제비꽃 무리들이 재잘거리고 있군요. 철쭉이야 말해 무엇하겠습니까?

산은 연두로 차오르고 단풍잎들은 오므렸던 작은 손을 막 펼치기 시작합니다. 바야흐로 온 산하가 신록으로 가득 차오를 듯합니다. 두릅이며 참웃들도 하루가 다르게 순이 올라와 피어나겠지요. 벌써 로컬푸드 매장엔 두릅이 포장되어 올라와 있더군요. 좀 바지런한 아낙네들은 마실 갔다 한 움큼씩 웃자란 쑥 잎을 뜯어 삶아 냉장고에 저장해놓겠지요. 그러다 입이 궁금하면 좀 있다 조물조물 모양 만들어 개떡을 쪄서 접시 위에 올려놓겠지요. 쑥개떡과 쑥버무리가 먹고 싶네요. 나이를 덥석 먹은 거겠지요. 더럭 겁이 나는 나이겠지요. 그러나저러나 가는 세월 이판사판 한번 거나하게 놀아야 하는데 코로나가 협조를 안 하는군요. 주말 같으면 늦은 아침 드시고 싸드락싸드락 마실 나오시길. 그러면 팡파르가 울려 퍼지는 봄의 축제에 당신은 초대된 겁니다. 다음 곡 어디서 많이 듣지 않았나요? 혹시 나이 든 분들은 아마 복싱선수 유제두와 와지마 고이찌의 대결을 기억할지 모르겠습니다. 홍수환의 4전 5기 세계타이틀전 경기도요. 문화방송의 스포츠나 권투 중계 시그널 음악이었던 것 같은데요. 아니면 고등학교 시절 교련 사열이나 만국기 펄럭이는 시골운동회에서 듣던 곡. 이제는 복싱이라는 단어와 권투라는 단어도 어감이 달리 느껴집니다.

Sambre et Meuse(Planquette) | Fiedler, Boston Pops

저기 창밖은 저리 깃털처럼 가벼운데

햇볕도 햇볕이지만 신록 자체가 눈부시게 아름다운 4월 중순입니다. 목련꽃 그늘 대신 라일락 꽃그늘 편지를 쓸 때입니다. 나뭇잎만 보면, 산과 들만 보면 흰 마스크로 답답한 우리의 일상과는 완전히 다른 세상입니다. 그런 세상이 있어야 또한 살맛이 나겠지요. 틈만 나면 교정 앞산을 먼 산 바라기 합니다. 등나무의 등꽃은 여기저기 포도송이처럼 주렁주렁 매달려 있고요. 4월 말에나 피는 철쭉은 때 이르게 한창입니다.

이렇게 좋은 날, 3학년 아이들은 모의고사 시험지에 코를 박고 있고, 감독 선생님들은 팔짱을 낀 채 무료합니다. 저기 창밖은 저리 깃털처럼 가벼운데, 저렇게 날아오르는데, 저리 봄의 비눗방울 날리는데 우리 아이들 참 착합니다. 얌전히 앉아 칠판과 책만 보거든요. 참 기특하거든요. 그런데 우리가 숨 가쁘게 달려가 도달해야 하는 미래가 어떤 모습일지?

파랑 빨강 디지털 숫자만 명멸하는 월가의 증시판일지? 아니면 저 산하처럼 늦으면 늦는 대로 이르면 이른 대로 치열한 생존 투쟁 가운데 각양각색 조화를 이루는 세계일지? 해답 없는 질문을 던집니다. 현실과 이상의 차이라고 치부하기엔 참으로 안타깝네요. 낭만이 사라진 시대인 것 같습니다.

오늘은 그저 〈낭만 닥터 김사부〉처럼 낭만 티처 문사부가 되고 싶은 날입니다. 이런 날은 다른 누군가를, 다른 무엇인가를 생각해도 돼요. 바람 피워도 돼요. 꽃바람이면 더 좋겠죠. 휘파람과 함께 날아올라보세요. 실연당해도 좋을 것 같은 날입니다. 그런데 고춧가루 뿌리듯 코로나가 어느새 우리 곁에 바짝 다가와 먹살을 쥐고 흔들 듯합니다. 전주, 익산, 완주를 거쳐 정읍까지 흔들고 있습니다. 옆 동네 쌍치골까지도 발을 뻗쳐 있구요. 그래도 잠시 음악다방에서 쉬어가세요.

델리스파이스 | 고백

연둣빛 흥건한 4월

　여기저기 연둣빛 물이 흥건한 4월 말입니다. 연두 무리가 여기저기 몰려다니며 만화방창 얼씨구 절씨구 고성방가를 내지르는군요. 다시 햇볕도 온순해졌습니다. 일기예보를 보니 내일모레 계속 더워진다고 하는데 그때는 반소매 차림으로 다녀야 할지 모르겠습니다. 지금도 일부 젊은이들은 반바지에 반소매 차림으로 슬리퍼 끌고 다니는데 참으로 부럽습니다. 슬리퍼는 말 그대로 자유와 젊음 그 자체인 것 같습니다. 물론 약간의 귀차니즘도 포함되어 있겠죠.

　서울 경기 쪽은 '역세권'보다 '슬세권'이란 말이 유행한다고 합니다. 편하게 슬리퍼 신고 다니면서 쇼핑 오락 비즈니스 모든 걸 한 번에 해결할 수 있는 지역을 말한답니다. 그러하니 언제 슬리퍼 한번 끌고 나가볼까요? 어슬렁거려볼까요? 학교 다닐 때부터 학교 곳곳에 실내 정숙, 발꿈치 들고 걷기, 좌측통행, 귀에 못이 박히도록 들었는데 지금 생각하면 참 억울합니다요. 그동안 통제 사회에 살아와서 그런지 그런 일에 익숙하면서도 상식에 벗어나는 일들에 머리부터 절레절레 흔드는 버릇이 어쩌면 우리 세대의 피해의식은 아닐까요?

　이맘때쯤의 연두는 언제나 행복합니다.

Air Supply | Without You

갈 길은 바쁜데 고개는 아득하구나

지난해에 비해 꽃들의 개화 시기가 보름 정도 앞서는 것 같습니다. 지구가 더워지는 속도가 매우 빨라지는 것 같습니다. 지금쯤 한창이어야 할 철쭉은 시들어가고 5월 중순에 초여름에나 필 이팝나무들이 하얗게 꽃다지를 머리에 이고 있네요. 학교 정문 옆 등꽃은 대부분 떨어져 쌓이고 대신 오동꽃이 높은 가지에 주렁주렁 샹들리에처럼 보랏빛 불을 밝히고 있네요.

4월 마지막 주간인데 교사와 공무원들은 만남을 자제하라는 특별 방역지침이 내려와 있네요. 망할 놈의 코로나 때문에 지난해에 이어 올해도 저 혼자 아버님 제사를 모십니다. 오늘인데, 바삐 장 보고 대충 간소하게 지낼 예정입니다. 물론 제가 하는 게 아니라 과일 가게, 떡 가게, 전 가게에서 준비하지만요. 이런저런 이유로 형들에게 오지 말라고 말씀드렸는데 돌아가신 아버님께 민망하고 송구스럽기 그지없습니다. 윤달에 돌아가셔서 그냥 양력으로 날짜를 고정했습니다. 묘원에 모실 때 철쭉꽃이 최고로 절정이었는데, 그래서 참 좋은 날이라 생각했는데, 벌써 9년이 흘렀군요.

엉덩이가 가벼운 저는 유일한 취미가 사람들 만나 웃고 떠들고 싸돌아다니는 건데, 요즘 영 재미가 없네요. 물론 저와 같은 부류들 때문에 먹고 사는 소상공인들은 더 죽을 맛이겠구요. 지난 1년 방역에 성공했다는데 그 그늘이 깊고 험합니다. 백신 구하지 못했다고 욕하더니 백신 구하니까 안전성 문제로 대통령 먼저 맞으라고 난리치고, 백신을 맞으니까 바꿔치기했다고 또 난리블루스, 백신을 더 구매해 전

국민 맞으라고 했더니 AZ는 못 맞겠다 선택권 달라는 족속들, 참 가관이고 목불인견입니다. 죽어라고 노력하는 것 같은데 부동산부터 방역까지 이리저리 얻어터지는군요. 운명(?)입니다. 온갖 것으로 시비를 거니 그 자리는 누가 돼도 참 힘든 자리라 생각합니다. 그래도 또 감당해야 할 운명이구요. 어찌하든 마지막까지 잘 마무리하는 게 국가와 국민을 위해 좋은 일일 것 같습니다.

아마 대통령의 말년 운세 풀이는 '식어가는 석양빛에 어둠은 다가오고 갈 길은 바쁜데 고개는 아득하구나. 뒤주는 비었고 물려받은 빚은 가마니째니 지게 목발마저도 휘청거리네. 수고로움은 많으나 망태에 든 것은 없으니 깔따구 떼만 눈앞을 어지럽히는구나' 정도 되지 않을지 모르겠네요. 살아보니 어찌저찌해도 말년 운이 좋아야 장땡인 것 같습니다. 그 말년 운은 매사에 인정하고 수긍하는 데 있지 않을까요? 저 자신부터 돌아봅니다. '사철가'에 "어와 세상 벗님네들 한 잔 더 먹소, 한 잔 덜 먹소" 냉장고에 막걸리나 비우시구려. 집안에서만 함께 노니니 박색 마누라도 지청구 없으리라.

몸에서 나간 길들이 돌아오지 않는다

언제 나갔는데 벌써 내 주소 잊었는가 잃었는가

— 이문재 「마음의 지도」 중에서

Lou Reed | Perfect Day

자연은 이름 그대로 아름답게 채워집니다

어린이날 징검다리 휴일 건너 어버이날 이틀 앞둔 비교적 맑은 날입니다. 바람이 좀 불고요. 눈을 꿉꿉하게 하는 송홧가루는 이제 거의 다 사라졌네요. 내일 중으로 중간고사 시험 끝나면 다음 주부터 행사가 줄줄이 기다리고 있네요. 아이들이 가장 기대하는 체육대회와 현장체험학습이 기다리고 있습니다. 1년 365일 하루하루 무료하게 보내거나 엎드려 자는 아이들이 모처럼 기지개 켜는, 낙이라곤 점심 급식 먹으러 학교 오는 애들과 체육대회만 기다리는 아이들의 눈망울이 오월의 장미처럼 피어나는 때입니다. 그들에게 웃음이 함박꽃처럼 터지기를.

어제가 입하였지요. 갈봄 여름 없이 그렇게 꽃은 피고 지고 세월은 흘러가고 있네요. 흘러가서 아쉽고 그러기에 아름다운 것 같습니다. 매발톱이 여기저기 오월 정원을 할퀴고 붓꽃은 하늘을 향해 지금이라도 바로 난을 칠 것 같습니다. 이럴 때 마음을 한 장 꺼내어 백지처럼 두어보세요. 자연은 이름 그대로 아름답게 채워질 것입니다. 여백은 여백대로 놓아두셔도 됩니다. 굳이 바삐 손댈 필요 없지요. 짧아서 아름다운 봄이 해가 갈수록 점점 짧아지는 것 같아 봄옷 중 몇 벌은 작년에 이어 또다시 내년을 기약해야겠네요. 따뜻한 커피보다 찬 아이스 아메리카노가 더 땡기는 오월. 계절의 여왕이라는 오월의 아름다움을 눈으로 귀로 살갗으로 느끼시는 나날이 되길 빕니다.

Ponchielli | Dance of the Hours

아이들의 웃음과 땀과 열정이 아름다운

갑자기 더워진 5월 중순입니다. 참으로 오랜만에-아마 2년 만이겠죠- 아이들의 함성소리와 왁자지껄한 소리를 들었습니다. 체육대회거든요. 코로나로 개최 여부를 고민하다가 체육과 선생님들과 담임들과 오랜 숙의 끝에 개최했는데 하길 참 잘했다라는 생각이 듭니다. 결석을 밥 먹듯 하여 시험도 안 보는 학생도 와 있었습니다. 살아있는 현장이었습니다. 뙤약볕에 선크림도 안 바르고 열심인 아이들, 부산한 아이들 콧등에 땀이 맺혀 있고 얼굴은 벌겋게 익었습니다.

그래도 아랑곳하지 않고 즐거운 표정, 본부석에 에어 파스 바르러 오는 아이들, 무릎이 까신 아이들도 얼굴이 환했습니다. 축제입니다. 남학생, 그것도 고등학생들에게 체육대회는 학창 생활 최고의 교육과정입니다. 이 과정은 공부 잘하고 못하고를 떠나서 운동을 잘하고 못하고를 떠나서 모두가 승자입니다. 비록 개발질을 하고, 자살골을 먹어 친구들에게 비난을 들어도 즐거운 하루였습니다. 담배 피우고 말썽 부리는 아이들도 모두 아름다워 보였습니다. 교사나 아이들 모두 마음이 열려 있는 상태 그런 아름다운 하루가 내일까지 진행됩니다. 많은 응원 부탁드립니다. 더워진 날씨 건강하세요. 아이스 아메리카노와 같은 음악을 보냅니다.

 Grouplove | Tongue Tied [OFFICIAL VIDEO]

계절은 어느덧 여름, 냉커피의 추억

모르는 새 감자꽃이 지고, 시든 감자 줄기 걷어 호미로 살살 긁어내면 크고 작은 감자들이 올망졸망 나오는 하지, 하지가 가까워집니다. 맑은 감자국이 제맛인 계절, 어제 비에 하늘이 참 보기 좋습니다. 파아란 하늘에 마치 맑은 감자장국에 수제비 떼어 풀듯 흰 구름이 여기저기 흩어져 있어 저녁노을이 기대되는 6월 오후입니다.

안녕하신지요. 그리고 건강하신지요? 세월이 참 빠르다 싶은 게 벌써 신축년도 상반기가 지나가고 있어 괜히 마음 바쁩니다. 코로나로 정신없이 5월을 지내고 보니 샤갈의 그림 같은 오월 하늘을 잘 보지 못했습니다. 하지만 오늘 냄새는 여름인데 하늘은 가을 같은, 그리하여 오월 같은 마음이 여기저기 꽃을 피워내고 있습니다.

이상국 시인의 「유월」이 생각납니다. 그리고 냉커피를 조선 막사발로 그냥 먹었던 시절이 생각나네요. 띠동갑 누나가 몰래 벽장에 감춰둔 웨스팅하우스 커피를 두어 스푼 꺼내어 찬물에 타 먹고는 이걸 어른들은 무슨 맛으로 먹지 하며 고개를 갸웃거렸던 어린 소년이 생각나네요.

유월에는 보라색 칡꽃이 손톱만 하게 피고 은어들도 강물에 집을 짓는다. 허공은 하늘로 가득해서 더 올라가 구름은 치자꽃보다 희다.

— 이상국 「유월」 중에서

Bach: Coffee Cantata BWV. 211 바흐: 커피 칸타타-조수미

지치지 않는 마음

 하루 늦어서 목요일 편지가 됩니다. 안녕하신지요? 들판 곳곳에 모내기가 얼추 끝나 개구리 울음소리도 잦아들었습니다. 산란기가 지난 탓도 있겠고 무지막지한 트랙터와 이앙기에 의문의 죽임을 당한 것도 하나의 이유가 되겠지요. 밤에 울음소리 때문에 성가시던 개구리 안부를 묻고 싶네요. 코로나는 포켓몬처럼 자꾸 변이와 진화에 이름 붙이기도 버거워, 델타를 지나 감마까지 오는군요. 눈에 보이지 않는 유령과의 싸움에 지치기도 합니다.

 2학기부터는 대도시도 전면 등교라는데 어떻게 될지 궁금합니다. 아이들은 아무리 이야기해도 그때뿐 마스크를 제대로 쓰지 않는군요. 생각해보면 불쌍하고 안됐지만 어떻게 하겠습니까? 좀 더 큰 피해를 막기 위해 방역의 끈을 조여야죠. 매번 이야기하는 선생님도 괴롭고, 잔소리 듣는 아이들도 힘들고, 하지만 어찌하겠습니까? 하는 데까지 최선을 다해야겠죠. 다행히 여름방학이 가까워집니다. 엊그제 중간고사였던 것 같은데 금세 돌아오는군요. 학기말 고사 준비하는 선생님이나 아이들 마음이 바쁩니다. 공정이란 이름으로 경쟁이란 이름으로 아이들이 우정보다는 실리를 택하고, 진로 적성보다는 점수 따기 편한 쪽으로 교과목이 기우는 것은 인지상정이라고 해야 할지, 그리고 그냥 그렇게 넘어가는 게 맞는 건지 참으로 어렵습니다. 멀리 보고 준비해야 한다고 말하면서도 막상 현실에 부딪히면 자꾸 이야기가 달라지네요. 현실이라는 이름으로 그냥 넘어가기엔 참으로 거시기 합니다.

 아들놈 방 얻어주러 다니다가 1년 반 만에 두 배 오른 수도권 집값

방값을 보면서 '영끌'을 해서라도 집을 사야 하는지 아닌지 감히 말할 수 없음은 남들이 기득권이라고 하는 제 나이 50~60대도 마찬가지입니다. 우리가 청년과 미래 세대들에게 무엇을 남길 수 있는지 어지러운 마음 그냥 그대로 두고 바라보고 있습니다. 유월 마지막 주 좀 짙은 수채화로 장식해보심이 어떨지. 학살당한 유태인 소녀를 추모하며 쓴 곡이라는데요.

Jean-Jacques Goldman | Comme Toi (lyrics)

그저 모두가 제 한철입니다

그제 저녁부터 줄곧 비가 내리네요. 몸도 옷도 이불도 꿉꿉하구요. 마음도 저으기 꿉꿉합니다. 아이들은 홀가분하게 시험이 끝나 조금 여유롭지만 다시 수행평가에 골몰하구요. 생활기록부에 쓸 활동을 준비하느라 마음이 바빠 보입니다.

어제 저녁 잠깐 비 그친 사이 동네 남산 밑 도로를 거닐었습니다. 모처럼 개구리들이 반겨주더군요. 길고양이도 유심히 저를 쳐다보구요. 혹시나 하고 약간 경계심 든 어깻짓이 보이네요. 나뭇가지들은 잔바람에 몸을 으스스 떨며 물을 털어내기 바쁩니다. 덕분에 시원한 물방울 세례를 빋있습니다.

그저 모두가 제 한철입니다. 집에 돌아와 물먹은 운동화에 신문지 말아 넣고 거실에 앉아 TV를 켜니 확진자가 너무 많이 늘었다네요. 잠깐의 방심이 기하급수적으로 불어나는 환자를 만들어냅니다. 그래서 다시 학교 운영이 걱정됩니다. 2학기 예정돼있던 수학여행에 대한 의견도 분분합니다. 조만간 결정을 내려야 하는데 마음 답답합니다. 주역의 어떤 괘를 뽑아야 마음이 편해질까요? 괘사는 무엇으로 나올까요? 혹시 重風 巽(중풍 손). "공손함은 조금 형통할 수 있으니 나아갈 바를 두는 것이 이롭고 대인을 만나는 것이 이롭다"나 뽑아야 하나요? 대인을 기다립니다. 다들 잘났다고 하는 사람들이 바쁜 정치의 계절이네요. 망둥어도 있고 꼴뚜기도 있고요

Rain. Jose Feliciano(original vrs 1969 - high quality)

열대야, 열섬, 그리고 열돔

이번 주는 월요일 아침부터 열대야입니다. 그 지긋지긋한 열섬현상
이란 말이 사라지고 이제는 더 독한 놈이 왔군요. 열돔이란 놈이 캐나
다와 북미를 휩쓸고는 우리나라와 시베리아를 덮치는 것 아닌지 걱정
됩니다. 눈보라가 치는, 이가 갈릴 정도로 춥다고 하는 시베리아가 섭
씨 30~40도나 되는 바람에 홍수도 나고 산불도 난다는데 지구가 걱
정됩니다.

올 여름 열감옥, 열지옥을 어찌 견뎌야 할지 쪽방 사는 사람들과 시
골에 홀로 된 노인들이 걱정됩니다. 아내가 에어컨 바람에 민감해 잘
사용하지 않아 덩달아 더운 여름을 지내곤 하는데, 그 어려움을 잘 압
니다. 코로나라도 없으면 마을회관이나 더위 쉼터에서 에어컨 빵빵하
게 틀고 100원짜리 고스톱 치면서 이웃집 며느리 뒷담화나, 요양원에
간 친구들 뒷이야기로 긴 여름 한나절을 났을 터인데 이젠 그마저도
없어 텔레비전 앞에서 넋 놓고 맨날 임영웅 노래나 미스 트롯 재방, 삼
방 듣는 외로운 분들을 떠올립니다.

더 안타까운 건 요양원에 간 분들은 이제나저제나 백신 접종하면
가족들 마주 볼 수 있을 터인데 이제 그것마저도 다시 '도로아미타불'
이 될 것 같습니다. 죽을 때까지 가족들이 같이하지 못하고 장례식장
에서나 뒤늦은 배웅을 하게 되는 건 아닌지 모르겠습니다. 그분들과
마음을 함께합니다.

내일이 종업식, 모레부터 방학에 들어갑니다. 인문계고등학교에서
방학이라고 해봤자 보충수업 빼면 얼마 안 남아 마스크 쓰고 수업하

실 선생님들의 노고에 항상 미안하고 감사한 마음입니다. 대입을 앞둔 고 3학생들의 초조한 마음에 페이스를 쭉 유지할 수 있는 그 무언가가 필요한 여름입니다. 그 무언가를 찾아 아이들에게 제공해야 하는 것도 학부모님과 학교의 일이겠구요. 다행히 다음 주 3학년 학생과 교직원들의 백신 접종이 끝나면 한결 마음이 가벼워질 것 같습니다. 개인적으로는 1학기 내내 코로나 걱정에 마음 졸이고 사람도 안 만났는데, 그래서 방학 중에 그간 밀렸던 회포 좀 풀려 했는데 이번 여름에도 꽝이군요. 어쩌겠어요. 누군가 말하기를 체념은 빠를수록 좋고 미련은 짧을수록 좋다는데……. 자신만의 피서법이 무엇인지 찾아 무작정 행해보시길.

16세부터 세계적인 더블베이스 연주자, 성민제를 소개합니다.

Schubert | Arpeggione Sonata A minor Donghyek Lim&Minje Sung 임동혁 성민제

여름의 끝자락

길고 더운 여름이 끝나나 싶었더니 어제 출근길 물폭탄이 터집니다. 물보라를 일으키는 타이어와 고인 물이 가끔 깜짝 놀라게 하고 수막현상은 간을 떨게 합니다. 와이퍼는 미친 듯이 춤추고, 하여튼 오늘도 많은 비가 내린답니다. 조심하시고 행복하시길 빕니다.

건강들 하셨는지요? 우리도 지난 주에 개학해서 2학기 학사 일정이 안정되어 갑니다. 아직 코로나 기운에 눌려 마음껏 수업 외 활동을 못 해도 그럭저럭 아이들은 꿈을 키워갑니다. 못 본 사이에 넓은 호박잎 그늘에서 팔뚝보다도 큰 호박이 나오듯 아이들도 그러할 겁니다. 그걸 믿으며 오늘 마침 지나치다가 1학년 한 반 공강이 있어 들어가 세상 사는 이야기랑 경제 이야기, 꿈 이야기를 두서없이 풀어놓는 어설픈 강의를 했습니다. 돈 이야기하니 다들 눈을 번쩍 뜨네요. 쿠팡 이야기, 카카오뱅크 이야기, 야놀자 대표 이야기, 카카오 의장 김범수 이야기, 소프트뱅크 손정의 이야기, 배달의 민족 이야기 등등.

아이들에게 자신을 믿으라 했지요. 현재의 처지나 능력보다는 미래를 향한 설계와 준비, 그리고 그 무엇보다도 중요한 세상을 대하는 태도와 가치관 등을 강조했지요. 꼰대 노릇 했는데 의외로 아이들이 잘 들어주네요. 강의를 마치고 나서 나올 때 몇몇 아이들이 손뼉 치길래 오랜만에 가슴 뿌듯했네요. 아이들을 지금보다 더 많이 만나야겠다는 생각이 듭니다. 마누라는 또 뭐라 하겠지요. 고만 잘난 체하고 차분히 교장실에 앉아 있으라고요. 엉덩이가 가벼운 것 아들이 닮는다고요.

이래저래 어수선한 가운데 여름이 끝나가는데 매미가 칠 년간 굼벵

이로 어둠 속에서 살다 단 며칠 이 세상에 나와 마지막 울음을 웁니다. 밤이면 풀벌레 소리가 한결 더 커지구요. 연암 박지원처럼 거대한 만주 들판을 보고 크게 울어볼 날은 언제일지 손가락 세어 가늠해 봅니다. 8월 마지막 잘 지내시길 빕니다. 참 백신 2차 접종까지 마쳐 금요일이면 2주 돼가니 마음이 한결 가볍습니다. 미루어 두었던 술 약속들 곧 지킬 날이 있겠지요.

김동률 | 여름의 끝자락

진보는 동정심에서 출발한다

저번 주에 이어 오늘도 아침 출근길 물폭탄을 피해 왔습니다. 예상치 못한 가을 긴 장마에 이미 7월 장마보다 강수량이 세 배 이상인 700밀리랍니다. 기후 위기가 계속 현실화되는 모양입니다. 누군가 말했다죠. 이제 기후 위기에 대해 토론할 시간은 없다고요. 바로 행동해도 늦을 시간이라고요. 그런데 세계나 우리나라나 정치인들도 그렇고 일반인들도 그렇고 그저 미루고 폭탄 돌리기만 하고 있네요. 글로벌하게 빚 부채도 그러하고, 탐욕도 그러하고요. 돈 안 되는 일에나 신경 쓴다고 누군가에게 잔소리 듣겠지만 그 누군가는 나서야겠죠. 그리고 보이는 족족 그들을 팍팍 밀어주어야겠죠.

코로나는 쉬이 끝나지 않았는데 '위드 코로나'가 논의되네요. 아마 조만간 그렇게 가게 될 것 같습니다. 그동안 일부의 희생으로 버텨왔는데 그들만 희생하라고 할 수 없잖아요. 누군가 말하기를 진보는 동정심에서 출발한다고 그러네요. 프랑스혁명을 다룬 '레미제라블' 뜻이 '불쌍한 사람들'이라고 하는데 다가오는 추석, 코로나 때문에 힘든 분들께 따뜻한 눈길, 뽕뽕 보내심이 어떨지요. 2학기 내내 꿋꿋하게 버티는 모습 기대합니다.

I Dreamed a Dream Anne Hathaway Les Miserables 2012

안녕하세요? 가을님

안녕하세요. 가을님? 쑥스럽지만 인사드립니다. 매미 소리는 어느 순간에 탈피한 껍질처럼 여름을 남기고 길어진 밤을 풀벌레가 함께합니다. 가을이 오긴 오는가 봅니다. 약간 덥지만 구름 한 점 없는 파란 하늘을 보니 영락없는 가을 하늘입니다. 유난히 긴 가을장마에 시름겨운 농부들과 엉망이 된 농작물들을 앞에 두고 또다시 태풍 '찬투'가 올라 온다 하네요. 하지만 더 어쩌겠어요? 오늘 살아있음과 그 누구보다도 상대적으로 덜 코로나 영향을 받는 삶에 감사합니다.

하여 얼마 되지는 않지만 그동안 가까이하지 못했던 지인들과 어려운 이웃들을 위해 추석 즈음에 '돈쭐'을 내줄 생각입니다. 술과 안주에 한가위 보름달이 있으니 금상첨화요, 백신 2차 접종 인증서 있으니 그저 남이 보지 않아도 금의야행이라도 해볼 참입니다. 마침 명절 보너스가 곧 통장에 찍힌다 했으니 어화 벗님네들 추석 연휴 푸르고 긴긴 밤 달이 화들짝 놀라도록 누리소서!

Love Is Just A Dream Vocal Version(feat. 조수미)

사랑하는 사람과 좀 더 가까이

추석 연휴가 끝난 아침 출근길은 습관처럼 라디오를 틀고 액셀레이터를 밟았습니다. 가끔 칼치기 하고 가는 자동차를 보면서 뭐 저런 놈이 있어? 욕도 하고 그런 놈에게 가끔은 잠깐 자리를 내주지 않으려 위험을 무릅쓰고 앞차 꽁무니에 바짝 붙기도 했습니다. 아직도 알량한 정의감이 남아있음인지 아니면 나이 먹어도 철들지 않은, 여유 없는 맘보 때문인지 잘 모르겠지만 하여튼 눈에 거슬립니다. 투싼 169 저****, 자주색 스팅어 소13** 유독 눈에 띄는 차들입니다. 하지만 음악이 저를 가라앉혀줍니다. 이재후 아나운서의 공감하는 리액션도 듣기 좋구요.

어제는 지붕 처마 밑을 청소했습니다. 연휴 중 두어 번 비가 내렸는데 홈통으로 가지 않고 물받이가 넘치길래 사다리 타고 올라가 보니 막혔더군요. 이런저런 농약을 치지 않고 사는 바람에 참새 떼가 수키와 곳곳에 신접살림 차린다고 온갖 잡동사니를 모아 둥지를 틀었기 때문이죠. 연못과 확독에 항상 물이 있으니 목 축이기도 그만인지라 아주 살판 났더랬죠. 그런데 홈통 주위를 긁어 내다보니 잔가지와 비닐조각에, 강아지털에, 깃털 등등이 먼지에 뒤섞어 나오네요. 그리고 기왓장 틈으로 손을 쑥 집어넣으니 마른 빈 둥지만이 잡히네요.

석양녘 사다리 위에서 잠시 먼 하늘 바라보니, 추석 연휴 며칠간 있다간 아들 녀석의 빈자리가 크게 느껴지는 순간입니다. 안사람도 뭔가 허전해하고 촉이 떨어져 있구요. 이제 결혼이라도 하게 되면 어쩌려고 그러는지 저도 안사람도 잘 모르겠습니다. 말로만 듣던 '빈둥지 증

후군'을 묵묵히 받아들일 준비가 안 되었는데 이미 머리는 반백을 넘고 허리도 조금 굽었습니다. 그래도 한탄만 하기엔 너무 좋은 날, 지금 이 순간이 중요하고 감사한 날, 그래저래 좋은 가을날입니다. 사랑하는 사람과 그 어느 때보다 좀 더 가까이하고 두 눈 껌뻑여 주는 시간이 되었으면 합니다.

참, 199번째 편지입니다. 다음 주 200번째까지 수요 음악편지를 배달합니다. 급하게 그날그날 쓰느라 비문에, 명색이 국어 선생인데도 맞춤법도 틀린 글이 많아 송구스럽습니다. 그래도 예쁘게 봐주셔서 고맙습니다. 머리칼이 성기어진 만큼 글도 기억도 '뽄새'가 없습니다. 하여 편지는 그만두고 가을 프로그램 개편에 들어갑니다. 시와 음악만으로 진행할까 합니다. 이름하여 '문송(Moon Song) 시인의 시와 음악 사이'인데 제 이름 영어 철자의 의미에서 취한 것이니 너그럽고 예쁘게 봐주세요.

그리고 200번 동안 함께 이런저런 이야기 나누고 싶어 보냈는데 눈치코치 없이 바쁜 사람 성가시게 한 점 용서 빕니다. 그동안 댓글로 격려해주신 분께 특별히 감사드립니다.

디스코의 여왕 도나 서머 | I Feel Love

그런 게 인생 아니겠나

마지막이란 말엔 뭔가 눅눅함이, 미진함이 있습니다. 흐린 날입니다. 약간의 비도 오락가락합니다. 낮은 천장의 구름만큼이나 답답한 세상사입니다. 코로나도 그렇고 고삐나 목줄 같은 부채도 그러하고, 물먹은 솜처럼 무거운 빚을 진 서민들도 그러합니다. 배신자나 기회주의자들이 활보하고 사기꾼과 협잡꾼들이 난리블루스를 추는 작금의 형태 또한 분노 게이지를 높이고 있습니다. 대장동 사기꾼들이 주역의 그 좋은 뜻을 끼리끼리 독점하여 뭉칠하는 만행을 보고 있습니다. 원래 의미는 주역에서 이러합니다. 화천대유(火天大有)란 하늘(天)의 불(火) 즉 태양을 의미하는 것이고 대유란 큰 만족(더 많은 것을 얻는다는 뜻)을 의미합니다. 따라서 "하늘의 도움으로 천하를 얻는다" 또는 "정정당당하게 천하를 소유한다"는 의미를 가집니다.

천화동인(天火同人)이란 불(火)이 하늘(天)을 밝히며, 동인(同人)은 함께 하는 사람, 즉 협력을 의미합니다. 천화동인 뜻은 결국 마음먹은 일을 성취할 수 있다는 의미를 담고 있습니다.

주역은 농업사회에서 중요한 계절의 변화를 기초로 인간의 길흉대사를 순환론적 관점으로 바라봅니다. 역(易)이란 한자는 도마뱀 옆구리를 상형한 것으로 '바뀌다 변한다'라는 속성을 지니고 있습니다. '절대적인 것은 없다'라는 말이겠지요. 그들만의 리그, 그들만의 세상은 언젠가 역사의 수레바퀴에 짓눌린 진흙탕 바퀴자국이 되겠지요.

서설이 길었습니다. 뜬금없이 주역을 꺼낸 이유는 오늘 음악편지가 마지막이기 때문입니다. 64괘 중 마지막 괘가 火水未濟 - 미성취, 미

완성이기 때문입니다.

"성취하지 못했다면 끝나지 않은 것이니, 끝나지 않았다면 살리고 또 살리려는 뜻[生生之義]이 있다" - 정이천

"어린 여우가 과감하게 강물을 건너는데 그 꼬리를 적시니, 이로울 것이 없다."

저는 이 괘사를 끝난 게 끝난 게 아니고 앞으로도 부단한 노력이 필요하다는 말씀으로 받아 적습니다. 하여 다음 주부터는 음악편지를 다른 이름으로 찾아뵙겠습니다. 'Moon Song의 시와 음악 사이'를 받아보실 분은 답글 남겨주세요. 영화 〈조커〉에 나왔던 음악을 마지막으로 선물합니다. 제목이 그럴듯해서요.

그런 게 인생 아니겠나 | Frank Sinatra - That's Life

사유, 감상, 해석, 나눔

　지은이의 사유, 감상, 해석, 나눔을 거쳐서 나온 글이 무려 2백 꼭지입니다. 자신의 사유를 글로 옮기고 그것을 다시 음악으로 연결시키고 있습니다. 지은이의 감성을 만나는 음악에는 그 장르의 굴레가 없습니다. 한국의 가요를 비롯해서 샹송, 팝송, 가곡, 재즈, 영화음악 등이 지은이의 삶 속으로 들어갔다가 다시 나오는 과정을 거치고 있습니다. 우리가 먼 옛날에 읊었던 시들, 예를 들면 "시몬 너는 좋으냐? 낙엽 밟는 소리가…"로 시작하는 구르몽의 「낙엽」도 이 책에 불려 나왔습니다. 지은이의 해석과 달리 읽고 감상하는 사람들이 자신의 해석을 붙일 수 있는 여지를 주고 있다는 것이 특별히 좋습니다.

　_전)전라북도 교육감 김승환

음악을 따라 사유의 바다로

　여기 필자의 일상에 펼쳐지는 일기예보를 따라 사색의 비바람에 젖은 우울과 침묵의 새가 날고 열정과 분노와 슬픔의 꽃이 피어나며 햇살의 화살로 꽂혀오는 문장들이 사랑으로 다가온 음악과 함께 펼쳐지는 책을 말하려네.

　장자의 나비처럼 시를 꿈꾸며 시에 빠져 시가 되려던 청년의 영혼을 만나던 날이 있었다. 청년 문상봉의 맑고 환하던 얼굴을 기억한다.

　꽃들의 봄날과 눈 보라의 겨울이, 이글거리는 불볕의 여름과 만산홍엽의 피아노와 첼로같은 선율의 가을이, 마주친 그날들이 가고 오고 윤회를 하듯 다시 시작하는 날에 그에게 음악이, 노래가 찾아들었는가.

　『어때요, 오늘 이 음악』 책을 열고 바코드의 음악을 따라 사유의 바다로 떠나가네. 콧노래를 부르며 당신도 이내 그 바다에 이를 것이다.

　_시인 박남준

다정하면서도 깔끔한 위로의 문장

문상붕은 내 친구다. 40년 가까이 만났는데 우리는 서로 말을 놓기도 하고 높이기도 한다. 서로 선을 넘어본 적이 없다는 이야기다. 그는 음악을 들으면서도, 몸을 애벌레처럼 구부리고 빗방울 소리를 들으면서도 암울한 현실에서 눈을 떼지 않는다. 아니, 떼지 못한다. 아이들을 가르치는 일로 평생을 보낸 이 사람, 아마 교육이라는 것이 아이들에게 현실에 대해 소상하게 알려주는 일이라고 믿는 듯하다. 문상붕의 글을 읽으면서 우리는 여러 번의 계절이 지나가는 소리를 듣고, 다정하면서도 깔끔한 위로의 문장을 눈에 넣으며 마음을 녹인다. 그가 사는 집 마당의 나무와 꽃들처럼 참하게 엮은 소쿠리 같다.

_시인 안도현